이번 생은
해피 어게인

이은용
하유지
설재인
김혜진
남세오

|주|자음과모음

차 례

북극곰의 사생활

이은용

이은용

평화신문 신춘문예에 소설이 당선되었고, 문학동네어린이문학상과 대산창작기금을 받았다. 지은
책으로 동화 『열세 번째 아이』 『어느 날 그 애가』, 청소년소설 『내일은 바게트』 『그 여름의 크리스
마스』 『맹준열 외 8인』 『우리가 만난 시간』이 있다.

"백건? 내가 아는 그 백건?"

나는 젓가락으로 면을 들어 올린 채 물었다. 라면에서 김이 모락모락 올라왔다.

"응, 너희 반에 키 크고 얼굴 좀 갸름하면서, 웃을 때 보조개 들어가는 애."

은비는 손가락으로 제 볼을 쿡 찔렀다. 떡이 하나, 둘. 잠시 은비의 그릇 속에서 라면과 뒤섞여 있는 떡을 세어 보았다.

백건이 키가 큰 편은 아닐 텐데. 얼굴이 갸름한가? 웃을 때 보조개가 들어가는 건 웃는 얼굴을 제대로 본 적이 없으니 모르겠다. 다만 은비의 말을 듣고 나자 무심히 지나쳤던 백건에 관한 일이 하나둘 떠올랐다.

재 옛날에 북극곰이었대. 옛날 언제? 사람이기 이전에. 뭔 헛소리? 툰드라랑 이누이트 얘기하고 다니잖아. 엄청 진지하게 지구 온난화 걱정하면서. 잘난 척은. 근데 북극곰보다는 곰이 어울리지 않나? 곰이 얼마나 귀여운데. 하긴, 풋.

친하지 않아서 직접 얘기를 들은 적은 없지만 백건의 '전생 북극곰설'은 1학년 학기 초부터 떠돌았고 지금은 우리 반에서 모르는 애가 없었다.

"내가 북극곰이었을 때만 해도 이 정도는 아니었는데……."

과학 시간에 멸종 위기 동물들에 관한 다큐멘터리 영상을 보고 나서, 개탄하듯 읊조린 백건의 말은 나도 들었다. 몇몇 애들이 피식 웃기는 했는데 그간 백건이 흘린 말을 자주 들었던 터라 대부분의 애들은 시큰둥해했다. 문제는, 은비가 그런 애한테 관심을 갖는다는 거다. 나한테 정보를 달라는 부탁까지 할 정도로.

나는 머리를 휘휘 내저었다. 차라리 눈에 띄지 않는 평범한 애라면 이해가 갔다. 그것도 어려운 거니까. 하지만 백건은 아니다. 굳이 북극곰 얘기를 차치하더라도 내가 기억하는 백건은 호감과는 아주 거리가 멀었다.

텃밭 사건 때는 교감 선생님이 교실까지 찾아오기도 했다. "방울토마토랑 오이, 네가 땄냐?" 교감 선생님이 심혈을 기울여 가꾸는 텃밭의 '방토'와 오이 도둑이 오정훈이었는데, 목격자는 백건이었고 교감 선생님에게 제보한 것도 백건이었다. 그 일로 둘은 한동안 본체만체 지내더니 남자애들끼리 정한 멜로드라마 '서

브 남주' 캐스팅 순위에서 공동 3위에 오른 다음부터 급작스레 화해를 했다. "네가 봐도 넌 멋진 놈이야." 백건의 말에 오정훈은 쌓였던 앙금을 단번에 풀어 버렸다. "같이 3등이니까 너도 멋지다는 뜻 아니겠냐." 어깨에 팔을 두르고 교실을 나가는 둘의 뒷모습을 나는 좀 한심하게 봤었다. 그즈음 여자아이들 사이에서는 백건과 오정훈이 나란히 비호감 순위에 등극되었다.

"걔 아니야. 너, 다른 애랑 착각한 거야."

나는 강하게 부정했다.

"확실하다니까."

은비는 결연하게 젓가락을 움켜쥐었다. 라면이 식어 가는데 자꾸 백건 얘기만 꺼냈다. 나는 일부러 모른 척 라면만 먹었다. 은비 얘기를 받아 주면 안 된다는 촉이 거세게 일었다. 사람이 뭔가에 빠지면 판단력이 흐려진다. 다른 사람은 다 아는 것도 저만 모른다. 현실을 똑바로 보지 못한다는 얘기다. 지금 은비가 그렇다.

"뭔가 느낌이 달라. 애가 좀, 신비롭다고 할까?"

"흡⋯⋯."

나는 막 입에 넣던 라면을 뱉어 냈다. 은비는 아랑곳없이 문제의 '그날'에 대해 들려주었다.

어느 화창한 날 아침 등굣길. 평소보다 은비는 집에서 늦게 나왔다. 휴대폰을 놓고 와서 한 번, 도서관에 반납할 책을 두고 와서 또 한 번 집에 들어갔다 왔고 그날따라 횡단보도 신호에 연달아 걸리는 바람에 학교로 오는 길이 늦어지고 말았다. 멀리 교문이 보일 때쯤 뛰기 시작했는데, 급박한 순간에 은비는 우연히 백건을 보게 되었다. 허겁지겁 뛰어가는 은비와 달리 백건은 다른 일은 전혀 중요하지 않다는 듯이 햇살을 등지고 서서 담벼락 위의 길고양이를 어루만지고 있었다.

"웃는데, 보조개가 쏙 들어가더라고. 세상에서 가장 행복한 보조개 같았어."

은비는 그렇게 회상했다. 이상하게도 그날, 오전이 가고 급식을 먹고 오후가 되어서도 백건의 얼굴이 아른거렸다. 며칠이 지나도 마찬가지였다. 복도를 오가는 동안 백건이 없나 두리번거렸고 백건과 얼핏 스치기라도 하면 눈을 흘겨서라도 보게 되더라는 게 이야기의 전말이었다.

"내가 백건에 대해서 알아봐 주면, 그다음은 어쩔 건데?"

"그건 나도 모르지."

말은 그렇게 하면서도 은비는 조르듯이 내 팔에 매달렸다.

"서예인, 해 줄 거지? 예인아, 응? 너 나중에 기자 될 거라며."

중학교 2학년 내가 실연을 경험했을 때, 은비의 진심 어린 위로를 생각하면 같은 반 애 뒷조사쯤이야 못 할 것도 없다. 말도 안 되는 은비의 관심이 얼마나 갈까 싶기도 하다. 게다가 기자는 모름지기 사람들이 그냥 넘기는 일까지 파고들며 취재하는 직업 아닌가. 그러다 보면 뜻밖의 사실이 꼬리를 물고 이어질 수도 있고, 큰

걸로 한 방이면 은비의 마음을 돌리는 일은 아무것도 아니다. 결국 나는 고개를 끄덕이고 말았다.

내키지 않는 약속을 하고 나서도 별거 없다는 말로 번번이 은비에게 둘러댔던 건, 내 시간을 쪼개 가며 백건을 돌아볼 의지가 없었거니와, 내 마음속에서 은비와 백건을 연결 짓는 일이 그다지 큰 비중을 차지하지 않았기 때문이다. 까마득히 잊고 있다가 "백건은?" 하고 은비가 물을 때에야 퍼뜩 기억나고는 했다. 수업 시간에 백건을 돌아본 것도 실은 우연이었다.

"교재에도 나와 있지만⋯⋯."

사회 선생님은 느리게 말하면서 책장을 넘겼다. 글씨가 잘 보이지 않는지 재킷 안주머니에서 돋보기를 꺼내 썼다. 그사이 두어 명이 책상 위로 또 엎어졌다.

보통 때라면 나도 이미 엎드렸을 텐데 어쩐 일인지 머리가 말똥말똥했다. 몇 명이나 수업을 듣고 있나 궁금해서 눈동자를 돌리다가 대각선으로 두 줄 뒤에 앉은 백건을 보게 되었다. 의외로 백건은 바른 자세였다. 눈도 초롱초롱하고 손에 펜도 쥐고 있었다. 공부를 저렇게 열심히 하는 애였나? 그때 갑자기 백건의 표정이 바뀌었다. 선생님이 말한 내용 중 어디에도 웃음 포인트가 없는데 백건의 보조개가 3분의 1쯤 들어갔다. 보조개가 있다는 걸 처음 알았다. 그러고 나서 약 5초 뒤. 선생님이 책을 넘기느라 말을 끊은 사이에 이번에는 백건의 보조개가 절반 이상 움푹 파였다.

지켜본 결과, 은비가 말한 '행복한 보조개'는 주변 환경과는 별개로 발생한다는 결론에 도달했다. 백건은 다른 세상에 있었다. 머릿속에 뭐가 있는지는 몰라도, 다들 나른하게 조는 시간에 백건은 경건한 자세로 혼자 딴생각에 빠져 있는 거다. 수업이 바뀌고 나서도 나는 계속 백건을 흘끗거렸는데, 드물게 찾아오는 머리가 쾌청한 날이라 가능한 일이었다. 백건은 수학 시간에도, 국어 시간에도 대체로 그랬다. 흐트러지지 않으면서 때때로 보조개를 만들었다.

'무슨 생각을 하는 거야?'

순간 백건과 눈이 마주쳐 휙 고개를 돌렸다. 잘못을 저지르다 들킨 사람처럼 살짝 가슴이 쪼그라들었다. 너무 드러내 놓고 백건을 보고 있었던 모양이다. 괜한 오해를 사면 안 되니까 조심할 필요가 있었다.

—수업 시간에는 바르게 앉아서 주로 '멍'을 때림.

수업이 끝나고 휴대폰을 받자마자 백건에 관한 첫 번째 정보를 은비에게 보냈다. 메시지를 보내고 돌아보니, 백건은 이미 바람처럼 사라지고 없었다. 정말 순식간이었다. 학원에 늦었나? 추측했지만 몇 분 뒤에 나는 바로 백건의 소재를 파악할 수 있었다.

엄마, 아빠가 하는 식당에 가려고 공원을 지나던 길이었다. 백건은 그 공원에서 가방과 교복 재킷을 던져 놓고 농구를 하고 있었다. 자주 지나다닌 길인데 백건이 있는 건 처음 보았다. 그동안 다른 애들이 농구 하는 걸 유심히 본 적도 없었지만, 백건은 수업 시간과는 사뭇 달랐다. 종횡무진 달리는 모습이 곰보다는 치타나 날다람쥐 같았다.

"서준아! 왼쪽, 왼쪽!"

뛰면서도 소리를 질렀다. 우리 학교 교복이 아닌 애들도 섞여 있었는데, 백건이 팀을 리드하는 면이 엿보였다. 물론 농구하는 동안만이겠지만.

"예의를 아는 애군."

내가 알려준 정보에 대한 은비의 대답이었다. 은비는 학원이 끝나자마자 우리 식당으로 왔다. 엄마가 내준 콩나물국밥을 비우고 구석에 앉아서 나랑 마늘을 깠다.

"그게 그렇게 해석이 되냐?"

"딴짓은 해도 바른 자세. 선생님에 대한 예의인 거지."

"선생님보다 먼저 교실을 나간 건?"

"그건 그냥…… 빠른 거고."

은비의 말에 나는 코웃음을 쳤다.

유치원 노랑 반 시절부터 은비를 줄곧 지켜본 입장에서, 이건 납득할 수 없는 일이다. 자신과 가까워지고 싶어 했던 많은 남자 애들한테 은비는 눈길도 주지 않았다. 그건 은비가 눈이 높아서가 아니었다. 은비는 또래 중에서도 워낙 도드라지는 외모라 어딜 가든 눈에 띄고 뭘 하든 주목을 받았다. 워낙 눈치가 없어서 누가 자길 좋아하는지도 모르는 게 단점이었다. 보다 못해 옆에서 알려 줘도 믿지 않다가 상대방이 고백이라도 하면, 항상 똑같은 이모티콘만 쓴다, 신발과 어울리지 않는 양말을 신었다 같은 말도 안 되는 이유를 들어 자기 타입이 아니라고 해 버린다. 사람을 대하는 모호한 기준에 불분명한 취향까지 더해져 인기에 걸맞지 않게 여태 남자친구 한 번을 못 사귀어 본 애가 바로 내 절친 유은비다.

은비가 먼저 좋아한 경우도 결과는 같았다. 진심으로 좋아하는 사람이 생기면 서로 도와주기로 약속했건만, 내 응원이 본격적으로 시작되기도 전에 은비의 사랑은 성급하게 막을 내리고는 했다. 막상 상대방이 호감을 보이면 은비는 또 금방 시들해져서 흐지부지되고 말았다. 그나마 그동안 은비의 시선을 끌었던 애들은 객관적으로 평균 이상은 되었다. 이제껏 백건 같은 케이스는 없었다.

"너, 백건이랑 북극곰 관계를 잊으면 안 돼."

은비가 정신을 차릴 수 있게 백건의 치명적인 약점을 상기시켜야 했다. 백건은 실없는 농담이나 하고 다니는 얼빠진 애라고. 하지만 은비는 전혀 동요하지 않았다.

"과거가 뭐가 중요해? 나는 남극 펭귄이었어!"

말하면서 은비는 까르르 웃었다. 길게 한숨이 나왔다.

마침 배달을 마친 아빠가 돌아왔고, 그게 신호라도 된 듯 엄마는 시계를 올려다보았다. 나는 일어서서 손을 털었다.

"이제 그만 가자."

"왜? 아직 할 얘기 남았는데.

서둘러 은비를 끌고 밖으로 나왔다. 그렇게 겪어 보고도 우리 엄마를 모르다니. 기자는 거저 되는 거냐, 은비 너는 학원만 다니면 뭐 하냐며 곧 잔소리가 이어질 타이밍인데. 저렇게 눈치가 없으니 누가 저를 좋아하는 줄도 모르고 있다가 백건 같은 녀석한테나 끌리지 싶었다.

부모님이 맞벌이를 해서 은비는 혼자 있는 시간이 많았고, 예전부터 우리 식당에서 자주 밥을 먹었다. 우리를 '콩나물국밥집 쌍둥이'로 아는 사람도 있었다. 지금은 은비가 다니는 학원이 식당과 같은 동선에 있고, 돈을 들이지 않고 밥이랑 음료수를 먹을 수 있어 우리는 종종 식당을 약속 장소로 이용한다. 너무 오래 있으면 안 된다는 것과 뭐라도 도와야 한다는 게 주의 사항이다.

집에 와서 과제를 하려고 노트북을 펼쳤을 때 문득 백건이 떠올랐다. 백건의 SNS가 갑자기 궁금했다. 은비가 어떤 이유로 관심을 두는지 확인이 필요했다. 대충 짐작은 갔다. 원본을 짐작하기 어려운 보정 셀카라든가 공을 넣고 세리머니를 하는 허세 가득한 사진이 있지 않을까. 그런데 백건의 SNS에는 전혀 예상하지 못한 사진들이 올라와 있었다.

하얀 강아지 한 마리. 털이 군데군데 빠진 데다가 눈가에는 길

게 상처도 나 있었다. 한눈에 봐도 보호를 받는 반려견은 아니었
다. 강아지를 쓰다듬는 손은…… 혹시 백건?

그러고 보니 백건이 유기견 보호소 강아지들을 돌보더라는 말
을 은비가 한 적이 있었다. 건성으로 흘려들었는데 막상 사진으
로 접하자 느낌이 달랐다.

다른 사진으로 내려가 보았다. 첫 번째와 같은 강아지인데 몰
골은 더 처참했다. 아마도 구조 직후의 사진인 듯했다. 몸은 비쩍
말라 갈비뼈가 드러나 있었고, 입가의 상처가 퉁퉁 부어 물조차
제대로 먹을 수 없는 상태였다. 그럼에도 불구하고 짧은 영상에
서 강아지는 연신 백건의 손 아래로 머리를 들이밀었다. 백건은
아예 쭈그리고 앉아 두 손으로 강아지의 머리와 몸을 만져 주었
다. 그 외에도 백건이 강아지들과 함께한 사진은 여러 장이었다.
같이 산책을 나가거나 견사를 청소하는가 하면, 사료를 먹는 강
아지를 애정 가득한 눈길로 바라보는 모습까지.

"아주 의왼데."

나는 혼잣말을 중얼거렸다.

백건이 동물을 몹시 좋아하는 것 같다던 은비의 말은 정말인 모
양이었다. 그 말을 하면서 은비가 왜 침울해했는지도 이해가 갔다.

은비는 살아 있는 건 뭐든 다 무서워했다. 유치원에서 단체로 아
쿠아리움에 갔을 때도 입구에서 거북이를 보고 울었다. 절대 들어
가지 않겠다고 고집을 부려서 나까지 은비랑 아쿠아리움 밖에 남

아 시간을 때웠었다. 그걸 은비는 우리 우정의 시발점 정도로 여겼다. 오래된 일이라 기억은 안 나지만 혼자서 울고 있는 은비가 안돼 보였던 것 같기는 하다. 나중에 알게 된 사실인데, 은비는 아주 어린 시절에 개를 피하다가 넘어져서 크게 다친 트라우마가 있었다. 아무튼 이건 백건과 은비의 코드가 상당히 어긋나는 중요한 부분이었다.

화면을 좀 더 내려 보았다. 셀카나 친구들과 어울려 찍은 사진도 꽤 있었지만, 사이사이 백건의 자취를 말해 주는 사진들이 반전이었다. 어린이날에는 소아 병동에서 인형 탈을 쓰고 연극을 했고, 무료 급식 나눔에 참여한 적도 있었다. 산책이나 운동 중에 쓰레기를 주우며 플로깅 인증도 많이 남겼다.

"누구지?"

모니터 앞으로 바짝 다가갔다. 사진에서 자주 눈에 띄는 여자가 있었다. 상당히 친해 보였다. 여자친구라고 보기에는 얼굴이 너무 닮았다. 그냥 여자 백건이라 해도 좋을 정도였다.

— 백건 누나야. 대학생이래.

은비한테 묻자 바로 답장이 왔다. 은비는 백건 누나가 봉사 활동 동아리에 있다는 사실까지 이미 파악하고 있었다.

— 새로운 정보를 달라니까!

은비가 분노의 이모티콘을 날렸다. 알겠다는 답장을 하고서 백건의 SNS 염탐을 마쳤다. 그리고 당분간 백건에 대한 탐색을 이어 나가기로 했다. 약간의 호기심이 생겼다. 파헤쳐 보면 뭔가 새로운 게 나타날 것 같은 느낌이 들었다. 아직 구체적인 건 예측할 수 없지만.

이상한 건 말도 안 되는 북극곰 얘기는 다들 알면서 백건이 봉사 활동을 하는 건 잘 모르는 듯했다. 북극곰 얘기를 떠벌리고 다니는 걸 보면 봉사 활동 얘기를 안 했을 리가 없는데, 교실에서는 들어 본 적이 없었다. 무슨 비밀 프로젝트도 아니고. 물론 내가 백건의 소문을 전부 들었다고 할 수 없는 틈은 있었다.

어쨌거나 나는 백건이 이상하기는 해도 '나쁜 놈'은 아니라는 쪽으로 생각이 기울었다. 백건을 너무 무시했던 건 아닐까 살짝 미안하기도 했는데…….

"이건 진짜 중요한 일이야. 대비 없이 맞닥뜨릴 수는 없다고."

교실에 들어서자, 남자 애들 몇이 모여 있었다. 무슨 일인지 보기 드물게 엄숙한 분위기로 수군거렸다. 거기 백건도 있었기 때문에 나는 사물함에서 책을 찾는 척하면서 귀를 세웠다.

어디로 피할지가 관건 아닐까? 피할 곳이 있겠냐? 피한다고 해도 얼마나 버틸 수 있고? 방법을 찾을 때까지는 어쩔 수 없지. 맞아, 이건 인간의 존엄성에 관한 문제거든.

저런 철학적인 고민도 하는 애였나? 정말이지 그동안 내가 백건을 잘못 본 걸까? 얘기는 한동안 이어졌다.

학교라면 일단 보건실로 가야지. 상비약도 있고. 일층까지 언제? 창문으로 뛰어내려. 일층은 이미 점령당했을걸. 화장실이 낫지 않을까? 물은 있잖아. 근데, 화장실 물 먹어도 되나?

진지한 논의가 오가던 중 오정훈이 툭 질문을 던졌다.

"만약에, 내가 먼저 감염되면 너희 어떡할 거야?"

짧은 침묵이 흘렀고 책을 꺼내던 내 손도 멈추었다. 감염이라고?

"누구든 예외는 없어. 좀비보다 사람이 우선이지."

박민호의 말에 정지우와 최한솔까지 뜻을 같이한 동료처럼 서로 주먹을 맞댔다.

"그럼 감염되더라도 정신이 남아 있을 때까지 나도 너희를 위해 싸울게."

"맹세할 수 있냐?"

백건이 오정훈을 향해 비장한 투로 물었다.

"내 미래의 여친을 두고 맹세한다."

챙기던 책을 도로 사물함에 집어넣고 내 자리로 왔다. 오면서 살짝 남자애들을 흘겨보았는데, 다들 나라를 지키는 독립군이라도 된 표정이었다. 그럼 그렇지. 백건은 내가 알던 애가 맞았다. 단순하고 이상한 애가 누나한테 끌려가서 몇 번 봉사 활동을 하고, SNS에 자랑삼아 연출 사진을 올린 게 틀림없었다.

"나도 북극에 남은 빙하를 두고 맹세할게."

백건이 말했고, 나는 재킷을 뒤집어쓰고 엎드려 버렸다.

백건에 대해 반짝 호기심이 들었던 건 이내 사그라졌다. 은비에게는 진심을 담아 정신을 차리라는 조언을 보냈다. 봉사는 아무래도 위장인 것 같다는 말과 좀비 얘기까지 보냈더니 은비도 내심 실망한 기색이었다.

그래서 백건을 우연히 만났을 때에 나는 백건을 그냥 스쳐 갈 것인가, 말 것인가로 잠시 갈등했다. 마침 기자의 소양을 떠올리지만 않았어도.

이십 미터 앞. 우산에 가려져 있었지만 뒷모습이 분명 백건이었다. 비 때문에 농구도 못 할 텐데 백건은 공원을 걸어갔다. 나는 걸음을 빨리하면서 백건을 앞질렀다. 그러다가 무심코 돌아보는 척.

"어, 백건?"

백건이 우산을 바꿔 들며 나를 보았다. 약간 놀란 얼굴. 보조개는 보이지 않았다.

"난 집이 이쪽이라."

변명하듯 말했다. 한 학기가 지나도록 백건이랑 말을 섞은 적은 없었다. 복도를 지나가다가 오정훈이 휘두른 빗자루에 맞을 뻔한 일이 있었는데, 오정훈 옆에 있던 백건이 "미안! 괜찮아?" 하고 사과했고 나는 "어"라고 대강 대답하고 지나쳤다. 그게 우리의 유일한 대화였다.

"난 사촌 형네. 노트북 고쳐 주기로 해서."

백건이 대답하며 머리를 쓸어 넘겼다.

계획은 없었지만 나는 백건과 비 오는 공원 길을 나란히 걷게 되었다. 어색했다, 아주 많이. 교실에서는 쓸데없는 소리도 많이 하더니 백건도 말이 없었다. 먼저 아는 척을 한 것도 나니까 화제도 내가 꺼내야 할 것 같았다. 무슨 얘기를 하면 좋을지 머리를 굴렸는데 다행히 좋은 생각이 났다.

"너, 삼색 고양이 본 적 있어?"

"삼색?"

백건의 눈이 반짝였다. 역시 관심사를 건드리는 게 최고다.

나는 할머니 댁에 있는 고양이 얘기를 꺼냈다. 어느 날 불쑥 나타나서는 자기 집 마냥 태연하게 어슬렁거리는 길고양이. 할머니가 먹이를 주었더니 고양이는 밥을 다 먹고 낮잠까지 자면서 아주 편하게 쉬더라고 했다. 억지로 쫓을 수도 없어서 할머니, 할아버지가 고민하는 사이에 고양이는 그대로 눌러앉아 버렸다.

"흰색, 옅은 갈색 그리고 검정. 삼색은 흔하지 않다고 '행운이'라는 이름까지 붙였다니까."

"삼색 고양이는 거의 암컷이거든. 수컷 삼색은 드물어서 행운을 준다는 설이 있기는 해."

백건은 내 말을 잘 받아 주었다. 교실에서 들었던 것과는 말투가 달랐다. 늘 건들거리는 건 아닌 모양이다.

"할머니 댁 고양이는 암컷인데. 그래도 행운이 온다고 믿어야지."

한동안 나는 '행운이' 얘기를 했다. 할머니는 집에 들어온 생명을 거두어야 한다고 했고, 할아버지는 이미 개가 두 마리나 있어 고양이까지 키울 수 없다고 했다. 행운이가 스스로 나갈 리는 없기 때문에 할아버지는 보호소에 신고하자고 주장은 했으나, 아직까지 전화를 하지는 않았다.

"기관에 보냈다가 입양이 안 되면……."

백건은 말끝을 흐렸다.

"근데 아마 계속 키우게 될 거야. '행운이'라는 이름을 할아버지가 지었거든."

내가 가볍게 말했고 그 순간 백건의 보조개가 들어갔다. 삼십 프로 정도? 오십인가?

"유기견 보호소에서 봉사 활동을 한 적이 있어. 처음에는 누나한테 억지로 끌려갔지만."

나랑 말이 통한다고 느꼈는지 백건도 편하게 얘기를 꺼냈다. 나는 방금 알게 된 것처럼 "진짜?"라며 아무렇지 않게 되물었다. 놀라운 연기였다. 내가 관심을 보이자 백건은 보호소에서 만난 유기견들 얘기를 줄줄이 해 댔다. 어떤 얘기는 얼굴이 찌푸려졌고 어떤 얘기는 가슴이 훈훈해졌다. 상태가 많이 안 좋았던 강아지가 최근 건강을 회복하고 입양까지 결정되었다는 소식도 들을 수 있었다. SNS에서 봤던 강아지의 근황 같아서, 걱정했는데 잘됐다는 말을 뱉을 뻔했다.

"다음에 같이 갈래?"

느닷없는 백건의 제안에 나는 좀 당황했다. 그리고 대답해 버렸다. "그, 그러지, 뭐"라고. 내 계획은 이게 아닌데. 다른 애들은 바빠서 못 간다고 했다는데 나는 왜 냉큼 승낙해 버린 건지. 내가 놓은 덫에 스스로 빠진 기분이었다. 그렇다고 설마, 백건과 정말로 봉사를 할 리는 없겠지.

"유기견한테 관심이 많아?"

내 물음에 백건은 잠시 바닥으로 떨어지는 빗줄기만 보며 걸었다. 그러다가 입을 열었다.

"다음에는 개로 태어날 것 같거든. 느낌이 그래."

"풋!"

나도 모르게 웃고 말았다.

"북극곰이었다가 사람이었다가 뭐, 개가 될 수도 있겠네."

나는 농담으로 받아쳤는데 백건은 나름 진지했다.

"북극곰이었을 때도 사람이 될 것 같았는데, 진짜 사람이 됐거든."

표정과 말투가 마치 고해성사라도 하는 태도였다. 비로소 깨달음이 왔다. 맞다, 얘 백건이지. 말도 안 되는 얘기를 정성스럽게 하고 다니는 애. 어디까지 받아 줘야 하고, 언제까지 진담처럼 얘기할지 궁금했다.

"북극곰이었을 때는 어떻게 죽었어? 그런 것도 기억이 나?"

장난삼아 물었다. 그런데 뭐지, 저 슬픈 표정은. 백건은 입을 굳게 다물었다. 내가 큰 실수를 저지른 느낌이었다. 절대 묻지 말아야 할 걸 물은 것처럼. 내 시선을 느꼈는지 백건이 우산을 기울였다. 얼굴이 보이지 않았다.

조금 전과 다르게 분위기가 냉랭해졌다. 우리는 다시 말없이 걸었다. 빗줄기가 굵어지고 소리도 커졌다.

"밥 먹고 갈래?"

식당 근처에 이르러 내가 물었다. 별다른 뜻은 없었다. 이대로 헤어지는 게 불편해서였다. 그제야 우산이 움직이고 백건의 얼굴이 보였다. 눈가가 촉촉해 보이는 건 기분 탓일까.

"부모님이 하는 식당. 콩나물국밥 맛있어. 내 친구들은 다들 밥 먹고 가고 그러거든."

길 건너를 손가락으로 가리키자, 백건도 슬쩍 식당 쪽을 보았다.

"다음에."

백건은 거절했다. 나도 예의상 물어본 거니까 상관없었다.

하지만 백건과 헤어지고 나서도 찜찜함이 남아 내가 한 말을 내내 곱씹어 보았다. 콩나물을 다듬는 동안 아까 일이 맴돌았다. 이유야 어찌 되었든 죽음은 농담의 소재가 될 수 없다. 한 반에서 지냈어도 길게 대화를 나눈 건 처음인데, 내가 너무 매너가 없었다는 데에 생각이 미쳤다. 농담에도 예의라는 게 있는 건데.

"우리 딸, 뭐 하세요?"

아빠가 테이블을 똑똑 두드렸다. 곧바로 날아온 엄마의 등짝 스매싱. 그제야 나는 정신을 차려 다듬던 콩나물을 내려다보았다. 기껏 다듬은 걸 쓰레기 쪽으로 넣고 있었다.

"서예인, 정신 차려!"

엄마의 외침이 메아리처럼 길게 이어졌다.

다행인 건, 다음 날 학교에서 만난 백건은 여느 때랑 똑같다는 거였다. 급식으로 나온 바나나를 두고 오정훈이랑 몰아주기 가위바위보를 했다. 오정훈이 이겼지만 백건은 승복하지 않았다. "너 늦게 냈잖아. 부정한 방법을 쓰다니." "동시에 냈거든?" 오정훈이 바나나 두 개를 들고 도망쳤고 백건은 뒤따라 급식실을 뛰쳐나갔다. 에효…….

황당한 건, 백건이 갑자기 나랑 엄청 친한 척을 한다는 거였다.

"서예인, 언제 시간 돼?"

"오!"

주위에 있던 애들이 야유 비슷한 환호를 보냈다. 오정훈 목소리가 가장 컸다. 저 자식이 정말!

"약속한 거 있잖아. 시간 맞춰 보려고."

종례가 끝나자마자 백건은 내 앞자리에 와서 앉았다. 보조개가 쏙 들어갔다. 봉사 활동 가기로 한 걸 말하나 본데, 그걸 약속이라고 할 수 있나. 보통 때라면 진즉에 나갔을 애가 괜히 미적거렸다.

"이번 주말은 어때?"

"아니! 주말엔 마늘 까야 해. 콩나물도 다듬어야 되고. 그래야 용돈 받아."

나는 과장되게 큰 소리를 냈다. 핑계는 아니었다. 일하는 분이 갑자기 입원해서 식당에 당장 일손이 부족했다. 백건이 난감한 표정을 짓자 보조개가 살짝 생겼다. 저런 표정일 때도 보조개가 들어가는구나. 잠깐 백건을 멍하니 보았다. 혹시, 실망한 건가?

"평일은 힘들겠지? 학원 때문에."

"나 학원 안 다녀."

솔직하게 말할 필요가 없는데, 또 한 번 실수를 하고 말았다. 백건은 짐짓 놀라다가 자기도 학원에 다니지 않는다며 손바닥을 펼쳐 하이파이브 자세를 했다. 나는 그냥 어색하게 웃었다. 가방에 책을 쑤셔 넣고 서둘러 자리에서 일어섰다. 백건은 내민 손을 머쓱하게 집어넣었다. 빨리 자리를 벗어나야 했다. 백건 뒤에서 진을 치고 구경하는 자식들 때문이라도.

대강 위기를 모면한 줄 알았건만 백건은 의외로 집요한 구석이 있었다. 주말에 식당까지 찾아올 줄은 정말 몰랐다. 나는 마늘을 쌓아 놓고 동영상을 시청 중이었다. 손님이 들어오고 나가는 건 신경 쓰지도 않았는데, 문득 "예인이 친구예요"라는 말이 들려 고개를 들었더니 거기에 떡하니 백건이 서 있었다.

"다음에 온다고 했잖아."

백건이 말하면서 내 앞에 앉았다. 그러더니 자연스럽게 마늘을 집었다. 말을 뱉으면 무조건 약속으로 여기는 것 같았다. 백건의 이런 점을 은비는 엄청난 장점으로 볼 게 분명했다. 전반적으로 이상한 애 같은데 신기하게도 좋은 방향으로 해석이 가능했다.

본의 아니게 나는 주말 오후를 백건과 마늘을 까면서 보냈다. 소소한 대화도 나누었다. 알고 보니 백건은 학교를 중심으로 우리 집과 완전 반대 방향에 살았다.

"근데 왜 우리 동네에서 농구 해? 저번에 봤거든."

내 말에 백건은 마늘을 든 채로 잠시 움직이지 않았다. 내가 우연히 봤다는 게 그렇게 놀랄 일인가.

"여기가 운동하기도 좋고, 이쪽에 사는 친구도 많거든. 사촌 형도 있고."

백건은 구구절절 설명을 붙였다. 사촌 형이 기계치라는 둥 어렸을 때부터 형이랑 잘 어울려서 이 동네에 올 일이 많다는 둥 한참을 떠들었다.

대화 사이사이 끼어들던 침묵은 시간이 지나면서 차츰 사라졌다. 최근에 본 동영상 얘기를 하다가 좋아하는 웹툰의 요상한 결말에 대해서도 우리는 열변을 토했다. 작가가 미치지 않고서야 어떻게 그런 결말을. 마감이 빠듯했나. 아무리 그래도 그건 아니지. 주인공이 뜬금없이 외계인이라니. 다 팽개치고 자기네 행성으로 가 버리면서 엔딩. 너무 심한 거 아냐? 근데 난 이해가 돼. 뭐가? 나도 다시 돌아가고 싶을 때가 있거든, 북극으로. 야! 나는 마늘을 하나 집어 던졌다. 백건이 씩 웃으며 중얼거렸다. 진짠데.

백건은 나보다 손이 빨랐고 깐 마늘은 금세 수북이 쌓였다. 덕분에 시간을 다 채우지도 않았는데 용돈을 두 배로 받아서 식당을 나올 수 있었다.

"또 와라."

아빠의 말에 나는 당황하며 손을 내저었지만 이미 늦었다. 백건은 네, 하고 대답하며 깍듯이 인사했다.

공원에서 만나 백건과 말을 섞었을 때는 어색했는데 이제는 할 얘기가 계속 이어졌다. 특정한 주제 없이 대화는 이리저리 흘러갔지만 이야깃거리를 억지로 짜낼 필요는 없었다. 의외로 백건과 말이 잘 통했다. 좋아하는 웹툰과 드라마, 즐겨 하는 게임도 같았다.

"참, 너 떡볶이 싫어한다며? 나도 그렇거든. 정확하게는 떡볶이 안에 든 떡을 안 먹는 거지만."

"정말?"

백건의 말을 듣고 나는 진심 놀라고 말았다. 이거야말로 하이파이브를 나눌 타이밍이 아닌가. 떡볶이를 싫어한다고 하면 대부분 뜻밖이라는 반응을 보인다. 떡볶이가 아무리 국민 간식이라고 해도 싫어할 수 있는 건데 다들 이해를 못 했다. 그나마 즉석 떡볶이는 떡을 먹지 않아도 먹을 게 많아 상관없지만, 정말이지 떡만 들어간 떡볶이는 난감했다. 은비랑 있을 때도 은비는 주로 떡을, 나는 면이나 어묵을 먹었다.

"내가 떡볶이 싫어하는 건 어떻게 알았어?"

"어? 들었어. 지나가다가 우연히."

백건은 얼버무렸다. 그리고 이내 다른 쪽으로 화제를 돌렸다.

학원은 왜 안 다니는데? 가기 싫어서. 인강 보면서 혼자 하는 게 나아. 너는? 나는 싫지는 않은데 바빠서. 이것저것 하다 보면 학원 갈 시간이 없어. 음, 신선하다. 고등학생이 남는 시간에 학원에 갈 생각이라니.

얘기를 하면서 천천히 걷다 보니 해가 기울었다. 식당에서 나오자마자 집에 갔으면 벌써 도착하고도 남았을 시간인데, 버스를 타지 않고 걷는 걸 택한 게 문제였다. 산책로에 들어설 무렵에는 노을이 그러데이션 된 물감처럼 펼쳐져 있었다.

"멋지다."

백건은 걸음을 멈추고 노을을 감상했다. 노을도 볼 줄 아는 애구나. 새삼스러웠다.

"해가 뜨는 시간이랑 노을이 지는 시간을 나는 꼭 지켰어."

무슨 얘기인가 했더니…….

"북극곰이었을 때."

백건은 말하면서 나를 향해 환하게 웃어 보였다. 보조개 백 프로. 붉은 노을빛이 보조개를 덮었다.

난간에 팔을 걸치고 우리는 노을이 변해 가는 걸 바라보았다. 자칫 농담을 건넸다가는 지난번처럼 말실수를 할지도 모른다. 마늘 까는 것도 도와줬으니까, 오늘은 조심하기로 했다.

"오로라도 자주 봤겠네?"

진지함을 가장해서 물었다.

"그건 말로 표현 못 하지."

내 질문을 기다리기라도 한 것처럼 백건은 얘기를 이어 갔다. 아무런 소음도 없는 고요한 밤, 눈부신 별빛과 별똥별, 신비로운 오로라의 움직임.

백건은 차가운 것과 뜨거운 것에 대해서도 말했다. 빙하, 눈 폭풍, 매섭게 시린 공기. 한낮의 태양과 얼음에 반사되는 햇살 그리고 살기 위한 열망.

"혼자 지냈어?"

"엄마랑 헤어지고 나서는 줄곧."

엄마랑 어떻게 헤어졌는지는 묻지 않았다. 물으면 안 될 것 같았다. 그 말을 하면서 백건이 눈을 내리깔았기 때문에.

"좋아하는 북극곰은 없었고?"

분위기를 바꿔 물었더니 백건도 조금 웃었다.

"좋아하는 사람이 있었지."

말투는 쓸쓸했고 시종일관 진지했다. 등짝이라도 한 대 쳐서 정신이 들게 하고 싶었는데 그러지 못했다. 인간을 사랑하는 북극곰이라니. 사랑하던 인간은 이누이트 소녀쯤 되었을까.

"인간을 사랑해서 인간으로 태어났나?"

적당한 선에서 농담을 던졌다. 상처도 주지 않고 대충 받아 주는 척.

"그럴 수도 있고."

백건은 역시나 웃음기를 쫙 빼고 말했다.

그럼 다음번에도 사람으로 태어나겠네? 나도 장단을 맞춰 주었다. 꼭 그런 건 아니지. 고양이나 고슴도치를 사랑할 수도 있잖아. 고슴도치를 말할 때조차 백건은 표정에 변화가 없었다. 사람으로 살면서 다른 사람도 사랑할 거잖아? 그건 그렇지만. 백건은 이내 수긍했다. 어쩐지 기분이 이상했다. 백건이랑 '사랑'이라는 주제로 대화를 하는 게 좀 그랬다.

다시 태어나고 싶은 거 없어? 개 말고. 백건에게 물었다. 글쎄. 백건은 깊이 생각에 빠진 듯했다. 그러더니 하늘을 올려다보았다. 머리칼이 날려 백건의 이마가 조금 드러났다. 하늘이면 좋겠어. 저 넓은 걸 혼자 갖겠다고? 너무했나. 이번 생에 지구를 구한다면 가능할지도. 그럼 노을이나 구름 같은 거? 그래도 엄청나게 훌륭한 일을 해야 할 거 같은데. 그런가.

"너는?"

백건이 나를 돌아보았다. 대체 이게 무슨 대화지, 하면서도 자꾸만 묻고 대답하게 되었다. 백건의 질문에 고민도 했다. 뭐가 되면 좋을까.

"나는…… 노을을 사랑하는 사람?"

말을 뱉어 놓고 아차, 싶었다. 아니나 다를까. 백건의 얼굴이 노을처럼 붉어졌다.

"그건 지금도 할 수 있잖아."

백건이 나직이 말했다.

"그래, 북극곰도 사랑하고 노을도 사랑하고 그러면 되지."

괜한 오해를 사면 곤란하기 때문에 나도 서둘러 수습했다. 그런데 백건은 내게로 한 걸음 바짝 다가왔다. 반사적으로 나는 뒤로 몸을 뺐다.

"이건 아무한테도 말하지 않은 건데."

백건이 속삭였다. 결심이 선 듯 입을 앙다물었다. 나한테 비밀이라도 털어놓겠다는 건가? 말하지 말지, 하는 생각 반 궁금한 생각 반이었다. 백건은 나를 정면으로 마주 보았다. 나도 백건의 눈을 피하지 않았다. 이렇게 가까이에서 누군가를 마주하는 건 정말 오랜만이었다. 은비하고 있을 때도 이 정도는 아닌데. 게다가 뭔가 진짜를 말할 것 같은 기분. 이상하게 가슴이 뛰었다.

"나 사실…… 북극곰 전에는 돌고래였어."

백건의 말이 끝나자마자 나는 두 눈을 질끈 감아 버렸다. 돌고래 때는 북극곰을 사랑했다는 뜻인가? 그런데 둘이 그럴 수 있는 관계인가?

"북극곰 얘기는 하고 다니면서 돌고래는 왜 비밀인데?"

"북극곰도 안 받아들이는 사람들한테 돌고래 얘기를 할 수는 없잖아."

알긴 아는구나, 이 말은 속으로만 했다.

"다른 애들하고는 이런 대화를 해 본 적도 없어."

백건은 나를 흘끗 보더니 살짝 웃었다.

"그렇구나, 후훗."

나도 억지로 웃어 주었다.

"북극곰으로 살던 어느 날, 죽은 돌고래가 떠내려왔어. 그때 나는 굶주려 있었거든. 나뿐만 아니라 다른 북극곰들도. 하나둘 북극곰들이 모여들었어. 하지만……."

백건은 끝내 말을 잇지 못했다. 고개까지 푹 숙였다. 설마 우는 건 아니겠지? 나는 이러지도 저러지도 못하다가 결국 백건의 어깨를 토닥거렸다. 앞으로는 절대 북극곰이나 돌고래 얘기는 꺼내지 말아야지 다짐하면서.

백건과 헤어지고 집에 거의 도착했을 즈음, 은비에게 연락이 왔다. 우리가 나오고 나서 얼마 뒤에 식당으로 간 모양이었다. 백건도 왔었다는 말에 은비는 많이 아쉬워했다.

"기회는 또 오겠지. 셋이 만나면 자연스럽겠다."

전화기 너머의 은비 목소리는 들떠 있었다.

"새로 알아낸 거 없어? 학원 어디 다닌대? 좋아하는 건?"

은비는 연달아 물었고 나는 질문에 성실히 대답해 주었다. 돌고래 얘기는 할까 말까 망설이다가 끝내 하지 못했다. 비밀이라고 털어놓은 걸 함부로 떠벌릴 수는 없었다. 그 대신 백건도 떡볶이를 싫어한다는 건 솔직하게 말했다.

"와, 너랑 진짜 비슷하다. 그럼 나하고도 잘 맞겠네."

은비는 그렇게 받아들였다. 한 사람은 떡을, 한 사람은 나머지를 먹으면 된다면서. 백건이랑 나랑 둘이 있으면 굳이 떡볶이를 먹을 필요도 없는데, 하는 생각이 잠시 스쳐 지나갔다.

침대에 엎드려 노트북을 펼쳤다. 검색창에 '북극곰'을 쳐 보았다. 귀여운 새끼 북극곰 사진이 많이 나왔다. 전부 인형 같았다. 먹이를 구하지 못하는 북극곰에 관한 기사도 많았다. 백건의 실체가 무엇이든, 북극곰이 걱정스러운 건 사실이었다. 그걸 진지하게 깨달은 건 처음이지만.

바다표범, 물범, 돌고래. 북극곰에게는 먹이가 절실하다. 하지만 돌고래로 살았던 걸 기억하는 북극곰은 어떻게 했을까. 터무니없는 얘기인 줄 알면서도 자꾸만 상상하게 되었다. 백건이 말하는 상황들을.

그러는 사이 하나의 장면이 머릿속에 그려졌다. 둥둥 떠가는 얼음 조각에 쓸쓸히 앉아 있는 어느 북극곰이. 동이 트면 눈을 떠 배고픈 아침을 맞고, 돌고래 떼를 마냥 바라보다가 해빙이 무너지는 소리에 깜짝 놀라는 북극곰. 휘몰아치는 눈보라를 뚫고 어렵게 걸음을 옮기는 뒷모습이 눈에 보이는 듯했다. 따사로운 햇살이 비치는 날에는 아련한 눈빛으로 이누이트 소녀를 기다렸을까. 해 질 녘에는 온몸으로 노을을 받아 내고, 고요한 밤이 오면 별똥별을 놓치지 않으려는 어느 북극곰의 이미지가 선명하게 떠올랐다. 춤추듯 흔들리는 오로라의 장엄함에 넋을 놓는, 백건 북극곰. 많이…… 외로웠겠다.

"잠깐. 나 지금 뭐 하는 거야?"

퍼뜩 정신이 들었다. 양 손바닥으로 볼을 두드리고 얼른 노트북을 덮었다. 나는 백건을 생각한 게 아니다. 북극곰을 떠올린 것뿐이다. 어설픈 농담에 왜 말려드는지 이해할 수 없지만, 분명한 건 백건은 둘 중 하나가 확실하다는 거였다. 심각한 허언증이거나, 진짜 북극곰이었거나.

이후로 나는 최대한 이성을 챙기면서 백건을 대하려고 했다. 중립을 유지하는 게 중요했다. 백건의 말에 넘어가서도 안 되고, 은비의 환상에 장단을 맞추어도 안 되었다.

은비와는 몇 번인가 친해질 자리를 만들어 주려고 했지만 둘은 묘하게 어긋났다. 은비가 식당으로 오면 백건은 종적을 감추거나 연락이 되지 않았고, 백건이 공원에서 농구나 축구를 할 때 은비는 학원에 있는 식이었다. 우연을 가장한 만남을 만들려던 계획은 번번이 무산되었다. 은비가 우리 반으로 와서 백건에게 "서예인 좀 불러 줄래?" 말을 걸었던 게 다였다.

"내가 누군지 안 물어봐?"

은비는 궁금해했지만 딱히 백건이 은비에게 주의를 기울이는 것처럼 보이지는 않았다. 그 점을 은비는 굉장히 서운하게 여겼다.

의외인 점은 백건의 실체를 하나씩 풀면 은비가 점점 실망할 줄 알았는데, 관심은 오히려 증폭되고 있었다. 이 얘기를 하면 돌아서겠지, 하는 것에도 개의치 않았다. 은비는 백건의 행동을 거의 좋은 방향으로 받아들였다.

공부는 안 하던데? 운동은 잘하잖아. 친구 관계도 원만하고. 맨날 싸운다니까. 애들은 싸우면서 크는 거야. 북극곰에 대해서는 진심이더라. 이유가 있지 않을까? 그 이유가 문제라고. 당장 치료가 시급해 보여. 심각해.

"근데, 서예인."

걸음을 멈추고 은비가 나를 지그시 보았다. 토요일이라 은비랑 도서관에 가는 길이었다. 어쨌든 기자는 꼭 되고 싶었고, 그러려면 공부를 해야 했다. 진실을 알아내 세상에 알리는 건 꼭 필요하고 중요한 일이니까.

"넌 나랑 백건이 친해지는 거 싫어?"

"어?"

"계속 안 좋은 쪽으로만 얘기하잖아."

은비가 좀 뾰로통해서 말했다. 내가 그랬나? 잠시 되짚어 보았다.

"걔가 워낙 특이하잖아. 너 좋다는 애들도 많았는데 하필."

얼렁뚱땅 넘기자 은비는 그게 바로 백건의 매력이라며 싱긋 웃었다.

은비의 말을 듣고 보니 내가 백건에 대해 안 좋은 쪽으로 몰고

간 게 사실이었다. 실은 은비가 "정말 이상한 애다"라거나 "내가 사람 잘못 봤네"라고 말해 주기를 은근히 바랐던 것 같다. 하지만 왜? 별로 응원하고 싶지 않은 사랑이라서? 내 절친이 이상한 애랑 가까워지는 게 싫어서? 그럼 나는 왜 친해졌지? 이유가 확실하지 않았다.

어쨌거나 내 노력에도 불구하고 은비의 마음은 굳건했다.

"난 북극곰 얘기 재밌어. 직접 들으면 더 좋을 것 같아."

은비는 급기야 이렇게 말했다. '북극곰 살리기' 캠페인에 후원까지 했다면서, 그 소식을 백건에게 꼭 전하라는 당부도 했다. 노골적이지 않게 은근슬쩍.

얼마 뒤에 나는 부탁대로 백건에게 은비의 얘기를 흘렸다.

"내 친구도 북극곰한테 관심이 많아. 북극곰 소식도 아주 궁금해하고".

"아, 가끔 너 만나러 오는 1반 애 말이지? 어쩐지 착해 보이더라."

백건은 은비를 금방 떠올렸다. 북극곰이면 다 되는구나, 너는. 나는 돌아서서 내 자리로 왔다.

따지고 보면 내가 백건이랑 가까워진 건 은비 때문이었다. 은비가 아니었으면 백건을 돌아보지도 않고 먼저 말을 걸지도 않았을 거다. 지금껏 그랬듯이 어딘가 이상한 애로 여기면서 대수롭지 않게 지나갔을 게 틀림없었다. 은비 덕분에 친구가 한 명 더 생긴 셈이다. 엉뚱하지만 나쁘지는 않은, 아니 오히려……. 나는 책상 위에 엎드렸다. 뚜렷하지 않은 느낌이 안개처럼 번져 갔다.

수업이 끝나고 나서 뒤도 돌아보지 않고 교실을 나왔다. 산책로를 혼자서 터덜터덜 걸었다. 조만간 은비와 백건도 가까워질 것이다. 두 사람이 지금까지 어긋났던 게 되레 이상했다. 셋이 좋은 친구가 될 수도 있고, 어쩌면 동물을 무서워하는 은비의 트라우마도 극복될지 모른다. 그러다가 만약 둘이 사귀기라도 한다면. 내가 끼어도 될까, 자칫 멀어지는 건 아닐까. 이런저런 걱정도 들었다.

산책로 가장자리로 와서 난간 앞에 섰다. 백건이랑 노을을 보던 자리였다. 아직 노을은 생기지 않았지만 뭉게뭉게 구름이 떠다녔다. 바람은 미세하게 느껴졌고 구름은 아주 느린 속도로 움직였다. 저 구름도 과거엔 다른 존재였을까. 움직이고 변하는 어떤 존재.

'움직이는 건 다 살아 있는 거야. 나무도 자라잖아. 꽃도 피었다가 지고. 바람도 제자리에 머물지 않아. 눈도, 비도, 전부. 멈춰 있는 건 없어.'

백건의 관점으로 보자면 세상 모든 건 살아 있는 거였다. 그 말을 할 때 백건은 좀 시인처럼 보였다. 혹시 시인이 꿈인가? 나중에 물어봐야지, 생각했다. 한꺼번에 전부를 알 수는 없으니까. 백건을 떠올리고 있는데 백건에게서 메시지가 왔다.

—치사하게 먼저 가냐?

언제부터 같이 나왔다고 친한 척은. 주머니에 휴대폰을 넣으려는데 새 메시지가 왔다.

—식당에서 만날래?

이번에는 은비였다. 백건과 마주칠 기회를 노리는 게 틀림없었다.

언젠가 은비와 약속을 했고 그 약속은 진심이었다. 좋아하는 사람이 생기면 응원해 주기로. 그런데 나는 일부러 백건을 좋지 않게 말하고 은비의 마음까지 돌리려고 했다. 내가 본 백건은 분명 괜찮은 애였는데, 왜 은비가 백건에 대한 '신비감'에서 벗어나야 한다는 데 초점을 맞췄는지 모르겠다.

천천히 글자를 찍어 나갔다.

—백건 말인데.

먼저 운을 띄웠다. 은비는 바로 메시지를 확인했고, 물음표 대여섯 개가 단번에 날아왔다.

—괜찮은 애 같아.

—갑자기 웬 칭찬?

은비는 뜻밖이라는 반응을 보였다.

—상대방 얘기도 잘 들어 주고, 같이 있으면 편해.

은비가 아니었으면 모를 뻔했다. 백건은 별로인 애야, 하고 단정 지었던 판단이 잘못되었음을. 다음 메시지를 기다리는지 은비에게서는 대답이 없었다.

—북극곰, 돌고래, 노을, 하늘, 구름…… 다 사랑하게 될 것 같아. 돌아보게 돼. 꽃도 새도. 내가 뭐였는지 몰라서, 내가 뭐가 될

지 몰라서.

글자를 찍는 동안에도 살아 있는 것들은 쉬지 않고 움직였다. 신선한 공기 방울이 내 안으로 스며들었다. 전송 버튼을 눌러 은비에게 메시지를 보냈다. 미소를 담은 이모티콘도 함께. 역시나 은비는 금방 메시지를 읽었다. 말도 안 되는 얘기를 해도 좋게 받아들였으니까 이번에는 은비가 훨씬 호들갑을 떨지 않을까 싶었다. 거봐, 내 말이 맞잖아. 역시 괜찮은 애였어. 그런 말이 오면 나도 대답해야지. 인정. 그래도 신비로운 건 좀 너무했다, 라고.

메시지 창을 내려다보았다. 몇 분이 흘렀는데도 은비는 답장이 없었다. 메시지를 읽고 대답 안 할 리가 없는데 이상했다. 이따가 만나서 얘기할 건가. 그래도 그 전에 대답은 할 텐데.

메시지 알림이 울려서 보았더니 은비가 아니라 백건이었다.

—이번 주말에 시간 안 되지? 봉사 갈 건데.

정말이지 백건에게는 쉽게 말을 하면 안 된다. 은비한테도 그 사실을 강조해야지. 백건 앞에서는 말하는 즉시 약속이 된다고.

—봉사 가능.

답장을 받는 백건의 얼굴이 그려졌다. 살포시 들어간 보조개까지.

—진짜? 마늘 안 까도 돼?

—어, 휴가야.

오케이, 아싸, 와아아. 백건은 이모티콘을 연달아 세 개나 보냈다. 피식 웃음이 나왔다. 잠시 망설이다가 물었다.

─한 명 더 가도 돼?

─당연하지.

백건은 흔쾌히 대답했다. 누군지 묻지도 않고서.

어쩐지 이제껏 경험하지 못한 세계를 만날 것 같은 느낌이 들었다. 반은 은비, 반은 백건 때문이다.

은비 말대로 과거는 중요한 게 아니다. 중요한 건 지금. 백건은 북극곰을 걱정하고 있고 개에게 진심이면서 가슴 깊이 돌고래를 추억하고 있다. 은비는 그런 백건을 좋아하고, 내게 은비는 소중한 친구이고, 그리고…… 이제 곧 노을이 질 테고, 나는 당장이라도 노을을 사랑하는 사람이 될 수 있다. 그러니까 마음껏 노을을 사랑해야지.

소멸되고 다시 시작되는 과정을 몇 번씩 반복하더라도, 그러면서 조금은 다른 모습이 되더라도, 변하지 않는 한 가지는 있지 않을까요. 한 가지는 간직해야 하지 않을까요.

늘 변하지만, 항상 같은 것.
그것이 영원하기를 바랍니다.

그 여름, 설아와 고양이

하유지

하유지

한국경제 신춘문예에 장편소설 『집 떠나 집』이 당선되어 작품 활동을 시작했다. 지은 책으로 장편
소설 『눈 깜짝할 사이 서른셋』 『3모둠의 용의자들』, 소설집 『독고의 꼬리』 등이 있다. 함께 지은
책으로는 『앙상블』 『새벽의 방문자들』이 있다.

1

언제부터 설아와 같은 반이었더라. 전 세계 인구의 80퍼센트가 좀비로 변했던 저번? 아니면 메뚜기 떼가 가로수까지 먹어 치우던 저저저번? 아무튼 이번 생이 처음은 아니다.

다들 설아의 발표만 기다린다. 학습 활동 2-(2)번, 소중한 친구를 소개하는 짧은 글을 써 보자. 중2나 돼 갖고 유치하게 소중한 친구는 무슨.

"뜸을 들이니까 어떤 친구를 소개해 줄지 한층 더 궁금해지는걸."

느끼한 말투로 설아를 재촉하는 선생님. 저번 생에서는 영어였는데 이번에는 국어다. 과목뿐만 아니라 성격도 달라졌다. 영어일 때는 별명이 '킹스킵'일 정도로 건너뛰는 부분이 많았지만 지금은 모둠 활동이든 발표든 교과서에서 시키는 대로 한다. 오늘의 첫 희생양으로는 민설아 당첨.

그나저나 여러 생을 넘나드는 내 기억력은 왜 이렇게 들쑥날쑥할까. 선생님 별명이나 저저저저저번에 먹고 체한 떡볶이 등등 시시콜콜한 부분까지 생각나는가 하면 저번 인생을 초기화한 이유와 같은 중대 사항은 지워졌다. 그때도 되는 일 없이 두루 망해서 그랬겠지, 뭐. 각종 학습 활동만큼 지루했거나.

누군가 질질 끌지 말라는 듯 한숨을 내쉬자 마스크 위로 드러난 설아의 얼굴이 빨개진다. 나도 한숨이 나오려 했지만 설아가 아니라 나 때문이다. 몇 번째인지도 모를 인생이 따분하고 지겹다. 초기화나 해 버릴까. 그렇다면 더 더워지기 전이 좋겠지, 끈적거리는 날씨는 질색이니까. 엄마, 아빠 마음대로 여름이란 이름을 붙여 놨지만 누가 뭐래도 난 여름이 싫다. 안 그래도 습기 차고 끈끈한데 마스크를 쓰고 다녀야 하는 여름이라니 최악이다.

마스크 안으로 손가락을 넣어 뺨을 긁으려 했는데 윽, 통통한 뾰루지를 건드렸다. 눈물이 맺힐 만큼 아프다. 이놈의 코로나! 등교하지 않는 날이 많은 거야 좋지만 그 한 가지 빼고는 폭탄투성이다. 예를 들어, 마스크로 인한 뾰루지가 얼굴을 점령했다든지. 코로나19 같은 전 지구적 빌런이 등장하는 생이 처음은 아니다. 난데없는 메뚜기 떼의 습격, 멍청하고 포악한 좀비, 급격히 상승

하는 해수면, 소행성의 접근 등등 위기는 많았지만 코로나만큼 짜증 나는 녀석은 없었다.

"내 고양이, 겨자."

드디어 설아가 제목을 읽자 곳곳에서 킥킥거린다. 웃음 포인트는 고양이일까(맞아, 쟤 인간 친구 없지), 겨자라는 이름일까(미치겠다, 겨자래!). 나로 말할 것 같으면 둘 다 관심이 갔다. 내 고양이는 머스터드, 우리말로 하면 겨자다. '머쓱이'라는 별명으로 대강 줄여 부르는 경우가 많았지만. 우리는 손바닥과 손금처럼 언제나 함께였지만 어찌 된 일인지 이번 생에서는 만나지 못했다.

"우리는 베프다. 난 가끔 고양이처럼 태평했으면 싶고, 겨자는 이따금 사람처럼 생각이 많다. 겨자 배에 있는 노란 점을 누르면 문이 지잉 열리면서 사람이 나올 것 같다……."

머쓱이도 배에 노란 점이 있었고 나하고만 친했다. 나는 머쓱이와 겨자를 점과 점을 잇듯 연결 지으며 눈썹을 찡그렸다. 정신을 집중할 때면 나오는 버릇이다.

"……겨자가 아프지 않고 건강했으면 좋겠다."

떨리는 목소리 끝에 묻어나는 울음기. 겨자, 어딘가 아픈 건가? 머쓱이가 여러 생에서 겪은 병과 사고를 떠올리자 갈비뼈가 쇠창살이라도 되는 듯 속이 답답해졌다.

발표가 몇 번 더 이어졌고 마지막 순서는 발표자에게 한 줄씩 소감 써 주기. 나는 손에 손을 거쳐 도달한 종이에 적었다. 겨자,

귀여울 거 같아.

종례가 끝나고 가방을 챙기는데 설아가 다가왔다. 걔 교복에서 떨어진 고양이 털이 오후의 햇빛 속에서 팔랑거리다가 내 가방에 내려앉는다. 머스터드소스처럼 노란 털.

"겨자, 볼래?"

설아가 쭈뼛거리며 물었다. 고양이 집사들이 이렇다. 자기 고양이 귀엽다는 말을 지나치지 못한다.

"응!"

그러자 설아가 폰을 내밀었다. 사진 속 겨자는 머쓱이와 똑같이 생겼다. 노란색 줄무늬, 호박색 눈, 꼬리 끝이 구부러진 각도와 방향, 하얀 배 한가운데에 점처럼 돋은 노란 털의 위치까지 똑같다. 머스터드(=머쓱이)=겨자. 이건 쌍둥이도 아니고 클론이다. 생을 거듭하는 동안 머쓱이의 외모는 변한 적이 없다.

현기증이 일어서 다리에 힘을 주며 폰을 움켜쥐었다. 그 바람에 사진첩이 다른 사진으로 넘어간다. 사진과 사진 사이에 무슨 일이 있었는지 겨자는 비쩍 마른 채 털도 푸석거리고 눈빛만 깊다. 머쓱이도 아플 때마다 저런 눈이 됐었지.

"되게 아픈 거 같은데 엄마, 아빠는 관심도 없어."

마스크 안쪽에서 웅얼거리는 목소리였지만 내 귀로 또렷하게 와닿았다. 설아는 귀여운 겨자뿐만 아니라 수척한 겨자도 보여 주고 싶지 않았을까. 고양이는 힘들어하는데 다른 가족은 관심도 없고, 혼자서 미칠 지경이겠지. 나도 겪어 본 일이라 그 마음 안다.

"병원에 데려가야 하는데……."

어른들이 돈 걱정을 할 때와 비슷한 각도로 어깨를 늘어뜨리는 설아.

"혹시 돈 때문에 그러는 거면, 내가 빌려줄까?"

이런 말은 재지 말고 단숨에 해야 덜 재수 없다. 다섯 살부터 모은 세뱃돈이 꽤나 목돈이 되었고 용돈도 매달 남는다. 받는 돈은 적지만 돈 쓸 의욕이 그보다 더 미약해서 그렇다. 사고 싶은 물건도, 하고 싶은 일도, 가고 싶은 곳도 없다. 적게는 나 자신부터 크게는 은하계까지 통틀어 세상만사에 심드렁 시무룩 시큰둥.

"진짜? 언제까지 갚아야 돼?"

"아무 때나, 돈 생기면."

설아에게 돈을 받으려면 그때까지 초기화를 미뤄야 한다는 얘기인데, 글쎄. 내 삶을 초기화하면 세상은 1 이전의 0처럼 처음으로 돌아간다. 나는 또 채여름으로 태어나서 아무것도 기억하지 못한 채 열심히 헛짓하다가 열두 살의 어느 여름날, 반복되는 삶을 깨닫고 "또야!" 울부짖겠지. 하지만 설아는 다음 생에 태어나지 않을 수도 있고, 태어난다 해도 우리가 또 만나리라는 보장은 없다. 머쓱이 겸 겨자도 마찬가지다.

나는 0의 제왕, 세상 돌아가는 꼴이 마음에 들지 않거나 기분이 언짢아지면 곱셈 우박을 퍼부어 초기화를 실행한다. 어떤 수든

0과 곱하면 0이 되듯 초기화는 모든 것을 0으로 사라지게 하거나 출발선으로 되돌린다. 코로나가 튀어나온 이번 생은 어떻게 할지 미정이지만 겨자를 모른 척하지는 못할 듯하다. 겨자는 다시 태어난 머쓱이가 틀림없다!

"근데 겨자는 왜 겨자야? 털 색깔 때문에?"

"아, 몇 년 전에 공원 갔다가 고양이를 봤는데 머스터드라고 쓴 이름표를 달고 있는 거야. 나중에 길냥이를 주웠더니 걔랑 존똑인 거 있지. 그래서 겨자라고 지었어. 나, 한번 본 얼굴은 잘 안 까먹어."

뭐야, 너? 다른 생에서 겪은 일을 기억하는 거야? 마스크가 움직일 정도로 입이 쩍 벌어진다. 어느 생에선가 머쓱이를 투명한 문이 달린 이동장에 넣어 공원에 데리고 간 기억이 난다. 혹시라도 잃어버릴까 봐 커다란 목걸이 이름표를 해 줬었다. 그 짧은 스침이 설아의 기억 통장에 잔액으로 남아, 몇 년 전 일이라는 착각을 일으켰나 보다.

"병원, 같이 가 줄까?"

"진짜? 고마워, 여름아!"

설아는 돈을 빌려주겠다고 했을 때보다 더 반가워하며 눈물까지 글썽였다.

2

나에게 인생이란, 신어 보지도 않고 산 신발 같다. 뒤꿈치가 빠져나오며 벗겨지려 하는 신발처럼 헐렁거리며 나랑 겉돈다.

인생 초기화라니 말이 되는 소리인지, 왜 하필 나인지, 나 말고도 0의 제왕이 또 있는지, 내가 죽고 나면 왕좌는 누구에게 넘어가는지, 죽어라 태어나기만 하니 언제든 죽기는 죽는 건지…….궁금한 점이 한둘이 아니지만 어디 물어볼 데도 없고 이제는 그러려니 한다. 모르겠고 될 대로 되겠지, 그런 심정.

매번 중고등학생 때 초기화를 했으니 어른이 되어 본 적은 한번도 없다. 최고 기록은 열여덟 살. 공부에 목숨 건 인생은 그때가 유일하다. 2학기 중간고사 망치자 죽고 싶었는데 죽기는 무섭고 초간단 대책으로 초기화. 이런 기억은 생과 생을 건너 조각조각 전달되지만 공부한 내용은 그게 안 된다. 태어날 때마다 가나다에 구구단부터 시작하니 에휴, 말을 말자.

인생 초기화로 다시 태어난다고 해서 새로운 존재로 업그레이드되고 그런 것도 없다. 그 피자에 그 토핑이랄까. 몇 번을 반복하든 우리 엄마, 아빠의 딸이자 미소 언니의 동생으로 같은 해, 같은 날, 10분 거리에 항구가 있는 이 작은 동네에 태어난다. 인간, 여자, 한국인, 채여름. 그리고 열두 살이 되어서야 내 정체를 깨닫는다.

열두 살의 여름밤. 나는 강원도에 있다. 외할머니를 뵈러 가기도 하고, 가족과 피서를 떠나기도 하고, 여름방학 캠프에 참가하기도 하고. 이유는 다양하지만 별똥별을 보는 순간만큼은 동일하다.

새까만 밤하늘을 금빛 크레파스처럼 쓰윽 긋고 멀어지는 별똥별. 어떤 것은 달보다 환하게 밤의 이마를 밝힌다.

나는 멀리, 저 멀리 떨어지는 별똥별을 쫓아간다. 땀이 나도록 걷다 보면 어느 결에 탁 트인 들판이다. 산골 마을에 들판이라니 이상하다. 계절은 여름인데 이곳에는 눈이 가득하다. 넓은 설원, 눈밭.

꿈인가 싶지만 꿈은 아니다. 들판 한쪽에 솟은 소나무 밑, 웬 할머니가 웅장한 안마 의자에 앉아 마카롱을 먹는다. 전기는 어디서 끌어온 거야, 배터리를 쓰나? 안마 의자가 움직일 때마다 소나무 우듬지에서 눈송이가 떨어져 내린다.

"우두커니 섰지 말고 동전 몇 개만 넣어 봐."

안마 의자가 멈추자 할머니가 말한다.

"저 현금 없는데요?"

"카드도 돼."

나는 작은 한숨을 삼키고는 주머니에서 버스 카드를 꺼내어 요금 내는 곳에 댔다. 위잉, 세련된 소음과 함께 작동하는 안마 의자.

"요번엔 늦었네. 하긴 며칠씩은 오차가 있으니까."

"네?"

"좀 있으면 무슨 말인지 알 거야."

정신이 이상한 할머니이거나, 내가 더위를 먹었거나. 그런데 이 곳은 시원하다 못해 춥다.

"저기, 별똥별 떨어지는 거 못 보셨어요?"

할머니가 손으로 가리킨 곳에 가니 새하얀 눈에 새까만 돌이 박혀 있다. 크기는 주먹만 하다. 별똥별이 타고 남은 돌인 운석이다. 나는 운석을 본능처럼 알아본다. 우주를 떠돌다가 지구로 끌려 들어와 찰나에 불타오르고 잠든 돌.

그 순간, 별똥별이 밤하늘을 밝히듯 머릿속이 환해진다. 내가 어떤 사람인지 기억난다. 그동안 반복해 온 삶, 한여름의 눈밭, 열네 살에서 열여덟 살 사이에 거듭한 초기화, 그런 일들이. 나는 꼭 이 운석 같다. 어느 우주에서 출발하든 운명처럼 같은 곳으로 돌아와 땅에 처박히고 마는 돌덩이처럼, 몇 번을 살든 제자리만 맴돈다.

기억이 되살아나면 매사에 심드렁해지고 만다. 가족도, 친구도, 학교도 귀찮다. 내가 나를 못 믿겠다. 열심히 살아 봤자 어느 순간 냉큼 초기화해 버리겠지 싶어서 인생에 성의가 없어진다. 마음에 드는 상품이라고는 하나도 없는 쇼핑몰에 포인트가 쌓여 있는 느낌이다. 쇼핑몰은 기한 안에 포인트를 쓰라 재촉하고, 나는 쫓기듯 쓸모없는 물건을 고르다 지쳐서 탈퇴 후 재가입을 택한다.

좀비, 메뚜기 떼 같은 빌런이 나타나면 나는 최악의 상황에서 초기화를 했었다. 가망 없는 지구를 최소한 처음으로 되돌리기라도 할 수 있는 사람은 나뿐이었다. 초기화가 내 역할이자 의무라는 생각이 들었다. 지구에 별일이 없던 경우는 머쓱이가 죽고 얼마 지나지 않아 초기화를 했다. 머쓱이는 신부전으로 여러 번 죽었고 사고사도 있었고 내가 무슨 수를 쓰든 죽었다. 심드렁병에 걸려서 사람 친구를 사귀지 못하게 된 나에게, 머쓱이는 하나뿐인 친구였다. 머쓱이가 떠나면 세상과 이어진 가느다란 끈마저 끊긴 듯 막막해졌다. 그다음은 뻔하다. 입시 제도가 바뀐다든지 은따 노릇에 급 울화가 치솟는다든지, 하다못해 새로 한 머리 때문에 바보같이 보이기만 해도 역시 난 망했어, 고개를 저으며 초기화.

이번 생에는 머쓱이가 없어서 유독 무료하고 머스터드소스만 봐도 가슴이 아렸는데 생각지도 못하게 겨자를 만났다. 머쓱이나 겨자나, 얘가 개고, 내 고양이 설아 고양이 둘이 합쳐 우리 고양이라고 나 혼자 상황을 정리한다. 우리는 우리 고양이를 동물병원에 데려갔고 병명은 급성신부전, 콩팥에 이상이 생겼다. 10년도 넘게 모은 세뱃돈이 일주일 입원비로 바닥났다.

"내가 정말 수능 전까지는 꼭 갚을게."

설아는 겨자의 하얀 앞발을 잡더니 선서하는 자세로 들고는 맹세했다. 표정도 엄숙하다. 겨자 퇴원하는 날, 동물병원 대기실이다. 약을 준다고 해서 기다리는 중이다.

"너무 그럴 거 없다니까."

쿨한 척하면서도 수능까지는 버텨 봐야 하나 싶다. 겨자가 호박색 눈으로 나를 보며 냐아앙 울었다. 어쩌면 머쓱이랑 울음소리까지 똑같잖아. 마음이 흔들린다. 코로나도 지긋지긋하고 만사 귀찮은데 초기화가 멀지 않은 건가, 남의 일인 듯 내 일인 듯 고민하던 차였는데 말이다.

설아네 집까지 같이 가 주기로 했다. 앓느라 살이 빠졌는데도 겨자는 기본 덩치가 있어서인지 무거웠다. 둘이서 번갈아 가며 이동장을 들었다.

솔직히 설아네 집이 그렇게 클 줄은 몰랐다. 가구가 적어서 더 넓어 보였다. 온갖 잡동사니가 마구 뒤섞여 널브러진 우리 집과는 달랐다. 잡다한 물건이라고는 대형 벽걸이 텔레비전의 리모컨 정도? 꼭 화보 촬영장 같다. 반짝이는 바닥에 발을 내딛기가 조심스러울 정도. 회색 양말을 신은 내 발이 꼭 더러워진 거대 면봉 같다.

"좀 유난스럽지. 여기가 그래."

설아가 옆집 흉보듯 말하더니 내 팔을 잡아끌었다. 거실을 지나고 무려 모퉁이를 돌아 구석진 곳, 거기가 설아 방이었다. 적당히 지저분하다. 털이 날아다니고 서랍마다 반쯤 열려 있고 의자는 옷을 몇 겹이나 껴입어서 뒤로 넘어가기 직전. 숨통이 트인다.

이동장 문을 열자 겨자가 나오더니 침대 밑으로 직행한다. 일주일이나 입원시켰다고 삐졌나 보네. 설아는 빨간색 밥그릇에 사료를 부어 놓는다. 푹신한 방석과 캣타워, 책상 다리에 감아 놓은 발톱 긁는 줄, 방과 연결된 발코니에서 새어 들어오는 고양이 화장실 냄새. 겨자 방에 설아가 얹혀사는 느낌이다.

"겨자는 여기서만 지내?"

"그건 아닌데 엄마, 아빠 있을 땐 밖에 잘 안 나가. 셋이 안 친하거든."

"가족이 그렇지, 뭐."

"우리 집 식구들은 딴 데 정신이 팔려 갖고 서로 관심도 없어."

침대 밑을 들여다보니 커다란 눈을 하고 몸을 웅크린 겨자. 겨자한테 설아가 있고 설아한테 겨자가 있어서 다행이다.

"그럼 너희 부모님은 뭐 집착하는 거 없어?"

내 물음에 설아의 대답은.

"있어. 집값이랑 이거."

그러더니 부모님의 SNS를 보여 준다. '좋아요'가 300개도 넘는 게시물이다. 레이스 커튼을 통과해 거실 벽에 새겨지는 빛의 무늬, 고양이를 안고 소파에 앉은 여자아이의 뒷모습.

딸아이와 함께 평화로운 주말 오후. 여러분도 즐거운 토요일 보내세요! #가족이#제일#소중#냥이도#가족

"나 몰래 찍은 거야. 겨자한텐 관심도 없으면서."

"어른들은 왜 그 모양일까. 난 도무지 어른 같은 건 되고 싶지가 않아."

"있잖아, 나 진짜 돈 없어서 너한테 빌린 거야. 우리 집에선 나

만 가난하거든."

"우리 집은 다 가난한데. 대출받아서 족발 체인점 냈는데 잘 안 돼 갖고 맨날 돈이 없어."

"최대한 빨리 갚을게."

"그 얘기가 아니라."

"계산해 봤더니 하루에 5천 원씩 모으면 한 달 15만 원, 1년 180이잖아. 수능 때까지 안 갈 거 같아."

설아가 손가락까지 꼽아 가며 빚 청산 계획을 발표했다. 돈 받을 날짜가 앞당겨졌으니 엄마, 아빠라면 춤을 추겠지만 난 무덤덤했다. 수능 전에 초기화를 해도 상관없어지는 셈인데 왜 속 시원하질 않지.

"엄마가 현금 놔두는 데를 아니까 매일 조금씩 훔치려고. 하루 5천 원 정도는 모를 거야."

"안 그래도 되니까 천천히 줘. 급한 돈 아니야. 세뱃돈 돌아온다고 부자 되는 것도 아니잖아."

설아도 나도 학교에서 있는 듯 없는 듯, 잉크가 끄트머리에 실금처럼 남은 젤펜처럼 지낸다. 그러다 보니 1학기가 끝나 가도록 말 한 마디 나눠 보지 않은 사이였다. 얼굴에 수심은 좀 어른거리지만 그 외 특이 사항은 없는 설아가 지금, 엄마 지갑에서 푼돈을 빼내 목돈을 만들겠다며 포부에 차 있다.

"널 본 적이 있는 거 같아. 낯이 익어."

나를 바라보는 설아의 눈이 반짝거린다. 이 집의 반질반질한 바닥보다는 들판에서 타오르는 별똥별 쪽에 가깝다.

"같은 반이니까."

"아니, 요즘 말고 옛날."

설아가 내 버릇처럼 눈썹을 찌푸린다. 미간에 에너지를 집중해 봐도 소용없을걸. 이번 생이 아니라 다른 생에서 일어난 일이었으니까. 내 옆에 있던 머쓱이를 기억하는 것만으로도 대단하다.

"사실은 우리, 예전에 몇 번이나 만났어."

"그치, 맞지! 언제야? 어디서 만난 거야?"

내 비밀은 말할 수 없고 말해서도 안 된다. 피와 뼈에 새겨진 규칙이다. 왕이란 안 그래도 고독한 직종인데 그 이름부터 허무한 0의 제왕이라면 말할 것도 없겠지. 설아에게 다 털어놓고 싶은 충동을 참느라 송곳니로 혀를 깨물고는 웅얼거린다.

"전생에서……."

굳이 따지자면 평행 우주나 다중 우주, 그런 쪽이겠지만 쉽고 간단한 쪽으로 설명한다.

"뭐야. 난 또 진짜인 줄."

설아는 눈을 흘기는 척하더니 책상 서랍에서 과자를 꺼냈다. 고양이 간식이다. 세 번째에 이르러서야 비로소 인간용이었다. 우리는 교복에 부스러기를 흘려 가며 과자를 나눠 먹었다.

"나 어땠는지 말해 줘. 지어낼 시간 10초 줄게."

"10초 말고 3초. 음, 한번은 인싸였어. 친구도 많고 춤도 잘 추고. 반 애들 3분의 2는 너랑 인친, 페친이었을걸."

"말도 안 돼. 그냥 10초 다 써. 스토리가 엉성하잖아."

그러면서도 설아는 기분 나쁜 상상은 아니라는 듯 웃었다. 가슴이 짠했다. 꾸며 낸 이야기가 아니다. 설아도 갓 나온 과일 빙수를 섞지도 않고 먹듯, 인생을 즐기는 아이로 산 적이 있었다. 내가 초기화하지 않았다면 그 모습대로 쭉 갔을지도 모르는데.

"또 한번은, 은근 센캐라서 평소엔 조용하다가도 성질나면 할 말 다 하고 그랬어. 왕따 시키려는 애들한테도 막 따지고."

"흐아, 멋져! 딱 내 이상형이야."

설아는 침대에 눕더니 두 손으로 얼굴을 가리고 꺄악, 소리를 냈다. 학교에서 보던 설아는 서너 페이지만 넘겨서 펜으로 고정해 둔 책처럼 생기가 없었다. 이 방에서 보는 설아는, 중간까지 손 글씨로 빼곡한 공책 같다. 설아가 어떤 사람이었는지 더 말해 주고 싶어도 기억이 나지 않는다. 존재감 넘치는 설아와 남들 앞에 나서기 싫어하는 설아 사이에는 10초보다 훨씬 긴 시간이 놓여 있다.

난 구멍 뚫린 주머니다. 생과 생 사이마다 기억을 흘리고 다닌다. 주머니 솔기에 끼어들어 살아남은 모래 알갱이, 그런 기억 몇 조각이 남아 반짝거릴 뿐이다.

3

"여름아. 넌 꿈이 뭐야?"

학교 끝나고 겨자를 보러 설아네 집으로 향하는 길이었다. 엊그제도 갔고 어제도 갔고 내일도 갈 듯. 집 형편이 나빠지자 나는 학원을 그만두겠다고 했고, 엄마, 아빠는 한숨만 내쉴 뿐 말리지 않았다. 설아는 학원을 빼먹어도 뭐라 하는 사람이 없다. 우리 집은 다들 돈이 없고 설아네 집은 서로 관심이 없고 그렇다.

"꿈? 그런 거 없는데. 그냥 사는 거지, 뭐."

나는 육체노동과 정신노동에 지친 어른처럼 대답한다. 중고딩 시절을 반복하다 보면 인생도 노동이라는 사실을 알게 된다. 이와 같은 생활의 지혜를 세뱃돈처럼 차곡차곡 모아 메모 앱에 적어 놔 봤자 다음번 채여름에게는 전수되지 않겠지. 그러고 보니 요즘은 초기화 충동이 뜸하다. 코로나가 난리지만 백신도 맞았겠다, 설아한테 돈 받을 때까지라도 미뤄 둘까. 얘한테 빚 청산의 기쁨도 누리게 해 줄 겸. 저쪽, 항구에서 우리 동네의 마스코트인 다비드호가 동감한다는 듯 뿌우우 뱃고동을 울렸다.

"나도 그래. 꿈이 없어."

"고양이 있으니까 꿈은 없어도 돼."

"너, 겨자 의집사 할래?"

"의집사가 뭐야?"

"왜 있잖아, 의남매 같은 거. 의리로 하는 집사니까 의집사."

그 말에 내가 웃으니까 설아도 웃었다. 으흐히히크크 하는 웃음소리가 웃겨서 또 웃음이 난다.

말하자면 우리는 친해진 거다. 잘난 척은 아니지만 설아에게 난 일종의 은인이었다. 나에게 설아는 여러 생을 거친 다음에야 생긴 절친이고. 열두 살 여름날의 설원에서 내 삶의 규칙을 깨닫고 나면 또래 친구들이란 밀린 학습지처럼 성가신 존재로만 느껴졌다. 설아는 달랐다. 설아와 나는, 머쓱이 겸 겨자로 이어진 '우리'였다. 게다가 이 아이는 예전 생에서 만난 머쓱이를 기억한다. 그건 그 옆에 있던 나를 기억하는 것이나 마찬가지다. 바다나 깊은 산속에 떨어져 아무도 찾지 못하는 운석처럼, 예전 생의 나도 부서져 사라진 줄로만 알았다. 그런데 작은 조각이나마 기억해 주는 사람이 있다니.

"근데 꿈까지는 그렇고 소원은 하나 있어."

"소원이 무엇인고? 어디 말해 보거라."

나는 도끼를 종류별로 구비해 놓은 산신령 목소리로 물었다. 이러고 노니까 재밌잖아!

"사소한 소원이라 말해도 괜찮을지 모르겠사옵니다."

설아가 겸손하고 공손한 나무꾼을 연기하며 상황극에 참여한다.

"어허, 무슨 소리냐. 소원은 사소할수록 소중한 것이거늘."

국어 시간처럼 뜸을 들이던 설아는 집에 도착해 방으로 들어가서야 소원을 밝혔다.

"나랑 겨자랑 건강하게 살다가 늙어 죽는 거. 시시하지?"

"응? 아, 아니. 제일 기본적인 거잖아. 그런 게 중요하지."

대답하면서도 나 자신이 뻔뻔하다. 이제까지 습관적인 초기화로 설아의 삶을 뚝 잘라먹은 사람이 나 아니었나? 예전 생에서 설아의 소원이 무엇이었는지 모르니 그건 그렇다 치고, 이번 생에서 저 기본적인 소원이 이루어질지 말지는 나한테 달려 있다는 얘기잖아. 예상치 못한 산신령 노릇이다.

"추가 소원도 생겼는데……."

설아는 침대에 앉아 다리를 떨며 내 눈치를 슬쩍 보더니 말을 이었다.

"너도 건강하게 오래 살면 좋겠어. 너랑 나랑 겨자랑 다 같이."

"아."

나는 탄식하듯 말하고는 입을 다물었다. 어쩐지 눈물이 날 것 같아서 눈에 힘을 빡 주고 고개를 젖혔다. 천장의 벽지나 전등을 살펴보는 척한다. 늙어 죽기는커녕 어른도 되어 본 적 없는 나에게 설아의 소원은 차라리 거대한 꿈이다. 채여름×아무개=0. 이것이 내 우주의 공식이다. 하지만 설아와 겨자를 0으로 만들기는…… 싫다.

"이번엔 대강 정붙이고 살아 봐야 하나."

"어? 뭐라고?"

"겨자 건강해져서 다행이라고. 오래 살 거 같다고."

머쓱이는 신부전에서 회복된 적이 없었지만 겨자는 병을 이겨 냈다. 나는 핸드폰을 꺼내 별자리 찾는 앱을 켰다.

"별똥별 떨어질 때 소원 빌면 이루어진다는 말, 들어 봤지?"

액정에 밤하늘이 뜨더니 여러 별자리가 어느 자리에 있는지 보여 준다.

"여기, 페르세우스자리. 여름마다 별똥별이 엄청 많이 떨어진대."

"여름 언제?"

"8월. 강원도에서 잘 보여."

"보러 가야지!"

설아는 다이어리를 펼치더니 다음 달인 8월 달력에 가득 차도록 커다란 별을 그렸다. '별똥별 보러 가기!' 적고는 '여름이랑'이란 말을 추가 소원처럼 끼워 넣는다. 여름이랑 별똥별 보러 가기!

"같이 갈 거지?"

"영월에 할아버지 사시기는 하는데."

"대박! 홍시 사서 가자. 할머니, 할아버지 들은 홍시 좋아하잖아."

"우리 할아버지는 파스타 좋아해. 그리고 여름에 웬 홍시."

"난 아이스 홍시 얘기였지. 어쨌든, 응?"

"그래, 알았어."

설아가 나를 보며 웃었다.

어쩌면 우리 모두 각자의 별에서만큼은 주인공이 아닐까, 하는 생각이 들었다. 이 세상 모든 사람, 모든 고양이와 네잎클로버, 모든 민들레, 모든 참새, 모든 이끼, 모든 매미와 딱정벌레와 고래, 모든 소나무……. 그 무수한 생명의 숫자만큼 무수한 우주가 존재한다면? 다른 어떤 존재가 내 별로 날아왔다가 불타올라 별똥별로 떨어진다면? 그렇다면 눈 덮인 들판의 운석은 누구의 별이었을까.

우주는 무한하고 별도 무한하다고 들었다. 무한한 시공간에서는 어떤 가능성이든 무한할 테니까 우주 어딘가에는 지구와 똑같은 별이 있을 수도 있다. 그것도 하나가 아니라 둘, 셋, 넷, 다섯…… 무수히 많이. 나와 똑같은 아이가 똑같은 이름과 똑같은 얼굴로 살아가는 어느 별을 상상해 본다. 한 명이 아니라 둘, 셋, 넷, 다섯, 여섯…… 셀 수 없이 많은 채여름. 그중 누군가 나를 찾아 들판으로 왔다면? 초기화를 반복할 때마다 각기 다른 채여름이 자기 삶을 보여 줬다면? 그렇다면 중간에 꺼 버린 드라마처럼 미처 보지 못하고 지나친 엔딩이 얼마나 많을지.

설아네 집을 나와 걷는데 누군가 틀어 놓은 라디오 앱에서 뉴스가 흘러나온다.

"코로나19 관련 속보 전해 드립니다. 유럽 대륙에서 강력한 신종 변이 바이러스가 출현했습니다. 기존 바이러스는 물론이고 이제까지 확인된 각종 변이 바이러스보다도 전염력이 훨씬 더 강한

이 바이러스는……."

대형 트럭이 경고라도 하듯 빠앙 경적을 울리고 지나갔다. 경적보다 더 크게 가슴이 두근거려서, 나는 한참이나 길거리에 서 있었다.

4

"지구도 핸드폰처럼 공장 초기화가 있어야 되는 건데."

미소 언니가 봉지에 물을 부어 얼린 믹스커피를 냉동실에서 꺼내며 미소라고는 없는 표정으로 말했다.

"초기화?"

나는 뜨끔한 속마음을 감추며 언니를 살폈다. 오버 금지, 뭘 알고 하는 소리는 아닐 테니까.

"그래. 코로나 전으로 돌아가고 싶다고."

초강력 신종 바이러스는 눈 깜짝할 사이에 아시아 대륙까지 번졌다. 아침에 주문하면 저녁에 도착하는 당일 배송이 따로 없었다. 학교는 방학을 앞당겼고 학원도 한동안 문을 닫게 되었다. 전기 요금이 무서워서 에어컨을 잘 틀지 않는 우리 집에는 나와 언니와 더위, 선풍기 돌아가는 소리뿐이다. 엄마, 아빠는 족발집에 출근했다. 음식점은 포장과 배달만 가능.

언니가 얼린 커피를 내밀었다. 길쭉한 봉지가 꼭 '어서 초기화를 해!' 하고 들이대는 무기처럼 보인다.

"초기화 버튼 같은 게 있으면? 누를 거야?"

이를테면 눈 쌓인 들판에 박힌 새까만 운석이라든지. 언니는 알 리 없겠지만, 알아서도 안 되지만.

"그걸 말이라고. 학교도 못 가고 코노도 못 가고, 이건 살아도 사는 게 아냐."

괴로움에 몸부림치더니 소파에 드러눕는 언니. 친구도 제법 있고 성적도 괜찮고, 무엇보다 학교와 학원을 좋아하는 특이한 체질이다. 외향적인 인싸에게 코로나는 특히나 증오스러운 대상이다. 하긴, 인싸와는 백만 광년 떨어진 나도 코로나의 명치를 쥐어박고 싶을 때가 많으니까. 이처럼 살벌한 코시국에는 설아네 집에 놀러 가는 일도 나 스스로 눈치가 보여서 망설여진다.

"엄마, 아빠 오기 전에 청소해 놔야 해. 오늘 변기 청소는 너야."

나는 언니의 말을 귓등으로 흘리고 냉장고에 맥주가 있는지부터 확인했다. 엄마, 아빠는 집에 오면 이 순간만 기다렸다는 듯 차가운 맥주부터 들이켠다. 장사가 안 되는데 임대료는 너무 비싸다는 한탄을 안주 삼아서 말이다. 언니는 학교를 갔다 안 갔다 하니 공부가 되질 않는다며 성적 걱정, 부모님은 생계 걱정, 집안 분위기가 블랙홀처럼 침침하다. 걱정을 해서 걱정이 없어지면 걱정이 없겠네, 하는 명언을 읊어 봤자 눈총이나 받겠지.

"초기화를 했는데 더 안 좋은 버전이면 어떡해?"

"뭐?"

"코로나는 백신이랑 마스크라도 있지. 가뭄이나 폭우 같은 건 답도 없다고."

"짜증 나게 뭐래!"

언니는 나를 코로나 보듯 노려보더니 문을 쾅 닫고 방으로 들어갔다. 생각해 보니 오늘의 변기 담당은 내가 아니라 언니인데 저런 식으로 떠넘기려는 수작인 듯. 짜증은 나도 난다. 이제껏 코로나만큼 성가신 놈은 없었다. 역시 답은 초기화인가. 세상이 숨죽인 채 내 결정만 기다린다는 느낌은 착각일까, 망상일까. 다음 번은 운 좋게도 자연재해라고는 얼씬도 않고 온실가스도 최소한으로 배출하여 북극곰이 행복한 삶을 누리고 코로나 바이러스는 대자연의 품속에 안겨 영원히 깨어나지 않는 버전일 수도 있잖아. 그런 평화롭고 아름다운 세상에서 설아와 겨자를 만난다면 깔끔한 해피엔딩 겸 희망찬 시작일 텐데.

여름아.

겨자가 너 보고 싶대.

설아에게 메시지가 왔다.

내 방 창문을 활짝 열고 침대 모서리에 걸터앉았다.

혹시 모르니까 추가 접종 받고 갈게.

며칠 안 남았어.

너네 집도 분위기 이상해?

장난 아님.

다들 한숨 푹푹 쉬어서 방바닥이 푹 꺼졌고

완전 더 가난해져서

나라도 당장 돈 구해 와야 할 거 같은 분위기야.

최대한 빨리 갚을게.

그게 아니고.

운석이라도 찾으러 다녀야 하나?

인스타에서 봤는데 엄청 비싼 것도 있대.

별똥별 떨어진 게 운석 맞지?

아, 운석! 왜 그 생각을 못 했을까.

즉각적인 검색 결과, 값을 많이 쳐 주는 운석이 따로 있다는 정보. 값나가는 운석을 보니 들판에 있는 초기화 버튼과 비슷하다.

지금 내가 설문 조사 중인데

이 세상을 초기화할 수 있다면 어쩔 거야?

누구누구랑 다시 만날지 정할 수 있어?

아니.

히어로도 못 고르고 빌런도 못 골라.

그럼 안 할래.

너랑 겨자 못 만나면 어떡해.

'너랑 겨자'란 말을 바라보았다. 쓸쓸한 감정을 조금씩 흘려보
내는 마음의 틈이 말랑말랑한 반죽으로 메워지는 듯하다.

코로나가 이렇게 난리를 치는데도?

코로나도 인간 때문이란 얘기가 있잖아.

자연을 파괴하니까

바이러스가 세상으로 나온 거라고.

인간이 일으킨 문제라면 인간이 해결할 수도 있을 거 같아.

해결할 수 있지, 인간 채여름이. 초기화가 진정한 해결일지는
모르겠지만. 대책 없는 손가락이 메시지를 적는다.

우리, 별똥별 보러 갈래?

5

설아는 겨자라도 챙겼는지 커다란 백팩을 메고 왔다. 나는 에
코백에 폰과 지갑, 텀블러, 선크림, 틴트, 갈아입을 옷 한 벌, 끝.

친구와 함께 할아버지 댁에 놀러 가겠다고 했더니 엄마는 반
대, 아빠는 찬성이었다. 이 시국에 가긴 어딜 가냐고 엄마가 혀를
차자 아빠는 아니, 왜! 한적한 곳이라 더 안전할걸, 하고 응수했
다. 엄마는 할아버지가 잘 지내고 계신지 살펴보고 하루 만에 돌
아오라는 조건으로 차비를 쥐어 줬다. 그런데 왕복이 아니라 편
도 요금이다. 아, 우리 집 진짜 돈 없나 보다 싶어서 찡해지려던
코가 뭔 놈의 변기 청소를 하다 말았느냐는 잔소리에 급격히 건
조해졌다.

"별똥별은 8월에 잘 보인다고 하지 않았어? 아직 7월인데."

"항상 잘 보이는 데가 있어."

"너만 아는 비밀 장소야? 채여름 개멋지다."

설아는 하늘로 날아오르기 직전의 풍선처럼 들떠 있었다. 친구랑 단둘이 가는 여행은 처음인가 보다. 나도 그럴 거다. 음, 적어도 이번 생에서는. 언니가 친구라니 네 머릿속 상상 아니냐고 했을 정도니까.

전철 밖으로 스쳐 지나가는 건물, 전깃줄, 새, 구름. 세상은 지구인의 기막힌 사정 따위는 관심도 없다는 듯 한가롭다. 겨자 덕분에 설아와 친해지지 않았다면 나도 저 파란 하늘처럼 아무렇지도 않게 무심했겠지. 그렇구나, 이번엔 바이러스로 망하는구나, 어깨를 으쓱하고는 초기화를 했겠지. 다음번에 어떤 인생을 살게 될지 모르지만 될 대로 되렴 생각하면서.

청량리역에 도착해서 영월행 표를 끊고 승강장으로 갔다. 기차가 들어온다. 설아는 창가 쪽, 나는 통로 쪽에 앉았다. 영월역까지는 2시간 남짓 걸린다.

"설아 너, 저번에 말한 소원은 변함없는 거지?"

"뭐가, 늙어 죽는 거? 응. 한 번 사는 거 웬만하면 오래 살고 싶어."

"기회가 또 있을지도 몰라."

"인생은 한 번뿐이잖아."

"그것도 케바케지."

"환생 말하는 거야? 전생에서 난 인싸였고, 넌 어떤 사람이었어?"

"난 채여름."

"계속?"

"응. 계속 채여름."

그 말이 뭐가 우스운지 설아는 웃다가 사레들렸다. 승객들 눈초리가 날카롭다. 내가 손가락으로 팔을 찌르자 설아는 기침과 웃음을 달래러 화장실로 갔다. 지금은 웃을 상황이 아니라고, 고뇌에 찬 갈림길이라고 말도 못 하고 답답하다. 초기화 버튼이 있는 들판으로 가는 길인데도 이 세상을 어떻게 할지 결정하지 못했다.

기차는 영월을 향해 달려가고, 우리는 어느 결엔가 잠이 들었다.

꿈에 아픈 머쓱이가 나왔다. 산신령에게 가서 아프지 않은 머쓱이로 바꿔 달라고 했다. 산신령은 연못에서 새 머쓱이를 꺼내 줬다. 집에 돌아오니 헌 머쓱이가 그리워서, 돌려 달라고 산신령에게 카톡을 보냈다. 머쓱이가 택배로 도착했다. 둘이 된 머쓱이. 자꾸 바꾼다고 뭐가 더 나아지기는 하나요. 머쓱이와 똑 닮은 겨자가 말했다.

쾌쾅, 벼락 맞은 듯 기차가 덜컹거렸다. 눈을 뜨자 객차 안은 비명과 연기로 자욱하다. 선로를 벗어난 열차가 망가진 장난감처럼 쓰러져 뒹군다. 찌그러진 의자 틈에 낀 설아의 얼굴에서 피 한 줄기가 흘러내린다. 가슴에 귀를 대니 심장이 느리고 흐리다.

"죽지 마."

설아의 피를 닦으며 말했다.

"제발, 미안해."

콰쾅, 세상이 뒤흔들린다.

"여름아, 채여름! 일어나!"

다시 눈을 뜨자 나를 흔들어 깨우는 설아. 얼굴에는 핏줄기 대신 기대감이 가득하다.

"내리자. 영월역이야."

"죽은 거 아니고?"

"누가 죽어? 너? 죽었나 싶을 정도로 쿨쿨 자긴 하더라."

영월역이라는 간판이 보였다. 두 가지 꿈을 연달아 꿨더니 이게 꿈인지 현실인지 정신이 없다. 무릎에 놓아 둔 에코백을 들고 비틀거리며 일어났다. 열차에서 내리자 찌는 더위와 습한 공기. 채여름이 싫어하는 여름 날씨인데도 땀 묻은 입가로 웃음이 비어져 나왔다. 설아 안 다쳤잖아? 나도 살던 대로 쭉 살고 있잖아?

할아버지 댁에 가서 이른 저녁을 먹고 나니 날이 어두워졌다. 밤이 오자 비도 왔다. 굵은 빗줄기가 바람에 일렁인다. 온갖 불빛의 훼방으로 깊은 어둠이 오지 않는 도시와 달리, 시골 밤은 켜지 않은 모니터처럼 고요했다. 우산을 들고 집 밖으로 나갔다. 폰의 손전등 기능으로 구불구불한 길을 비추며 걸어간다.

"너무 흐려서 별이 안 보여."

설아는 우산 너머로 하늘을 올려다봤다. 비가 쏟아지는 하늘만큼이나 울상이다. 별은커녕 달도 지구를 기웃거리지 않는 이 여름밤.

"보이는 데 있으니까 괜찮아."

"날씨가 이런데도?"

대답 대신 발걸음을 빨리했다. 걸음은 분주하지만 방향 미정, 목적지 미상. 걷다 보면 들판이 나올 것이다. 어둠에 눈이 익자 너른 밭이 보이는데 뭘 심어 놨는지는 모르겠다.

"나 잠깐 어디 좀 다녀올게."

"왜? 어딜 가려고?"

"음, 그게, 별똥별 주우러."

"너 솔직히 말해 봐. 화장실 가고 싶지?"

"그렇다 치고, 5분만 기다려."

"무서우니까 빨리 와!"

등에 대고 외치는 설아의 목소리가 아득해졌다. 몇 걸음 걷지 않았는데 비바람이 잦아들면서 날이 개더니 들판이 나타났다. 인생을 얼마나 반복하든 이 들판은 그대로다. 내가 어디로 가든 여기에서 나를 기다린다. 홍천으로 가면 홍천에 있고, 태백이나 삼척으로 가면 그곳에 있다. 뒤를 돌아보니 설아는 내가 보이지 않는 듯했다.

"잘 지내셨어요?"

소나무 아래, 안마 의자에 앉아 마카롱을 먹는 할머니에게 인사를 건넸다.

"나야 봄, 여름에 가을하고 겨울까지 겪을 만큼 겪으며 잘 지냈지. 넌 여름이 채 오기도 전에 또 끝내려는구나, 응?"

글쎄요, 이번에는 어떨까요. 대답을 삼키고 걸어갔다. 할머니가 알려 주지 않아도 운석이 어디 있는지 알겠다. 하얀 눈에 박힌 까만 돌. 이 돌을 눌러 눈 속 깊이 파묻으면 인생이 초기화된다.

나는 돌에 발을 올렸지만 힘을 주지는 않았다.

그러니까 이런 거다. 더는 0의 제왕으로 군림하기 싫다는 것. 세상 모든 것을 0으로 되돌리는 대신 온갖 일을 겪고 여러 생각을 하며 나만의 값을 얻고 싶다는 것.

운석을 팔아 돈을 벌고 싶던 마음도 시들해졌다. 이러다가 족발집은 문을 닫게 될지도 모른다. 엄마, 아빠는 뼈만 남은 족발처럼 딱딱해진 속을 술로 달래고, 집을 줄여 이사를 가…… 그런 일들. 하지만 그것이 내 인생에서 일어나야 할 일이라면 좋다. 받아들이겠다. 값나가는 운석을 곱해 우리 집의 불운을 0으로 없애지는 않을 거다. 나와 이 세상이 곱해진 결과가 무엇인지는 모르겠지만 이제는 아무것도 피하고 싶지 않다. 나와 설아를 곱한 값이 무엇인지도 궁금해졌다.

발을 치우고 운석을 집어 들었다. 갓 태어난 나 자신처럼 애처롭고 따뜻하다.

"문손잡이를 갖고 가려고?"

어느새 다가온 할머니가 말했다.

나도 이번 생에서는 설아의 소원대로 이렇게 나이 먹어 할머니가 될 수 있을까? 이제 보니 할머니와 나의 눈은 머쓱이와 겨자처럼 꼭 닮았다.

"문손잡이요? 버튼인 줄 알았는데."

"그거나 저거나. 손잡이 없이 문은 어떻게 열려고 그래."

"다른 문을 열면 되죠."

"여기는 오늘로 문 닫아야겠네."

"그래도 할머니, 언젠가 다시 만날 수 있는 거죠?"

할머니는 말없이 웃었다.

들판을 벗어나자 눈이 녹아 흐르는 소리가 들리는 듯했지만 뒤돌아보지 않았다. 앞을 보고 걸어갔다. 설아가 보였다. 설아도 나를 봤다.

"5분이라더니 11분이나 걸렸잖아. 별똥별은 주워 왔어?"

설아는 투덜거리면서도 나를 반겼다.

나는 운석을 손안에 감싸 쥐었다. 손금을 타고 올라 기억 속에 새겨지는 온기. 잊지 마, 우리가 오늘 여기 있었어. 심호흡을 하고는 돌을 있는 힘껏 던져 올린다. 까만 돌이 날아오르며 날개를 펼치자 환해지는 밤하늘. 찬란한 금빛이 나의 모든 것을 감쌌다. 내가 꼭 폭발하는 별이 된 듯했다. 그 순간 나는 세상 모든 것에 곱해진 한없이 크고 깊은 값이었고 그 값은 설아의 세계까지도 포함했다. 건강해진 겨자가 살고 있는 작고 다정한 세계 말이다.

"와!"

설아의 온몸에서 탄성이 터져 나왔다.

나는 안녕, 하고 빛을 향해 속삭였다. 작별 인사일까, 환영 인사일까. 둘 다라면 좋겠다.

여러분, 안녕?

나는 여름이와 설아의 고양이 친구, 겨자예요. 머스터드라고도 하죠. 우리 이야기를 읽어 준 여러분도 내 친구랍니다.

솔직히 말하자면요, 난 항상 기분이 좋아요. 혀로 앞발을 꼼꼼히 핥으며 이른 오후의 햇살을 즐길 때가 가장 행복해요. 아니다, 맛난 간식을 먹을 때가 더 좋은가? 빈 택배 상자에 몸을 욱여넣고 노르스름하게 구워진 식빵 놀이를 하는 일도 재미있어요.

그런데 사람들은 나랑 좀 다른가 봐요? 여름이와 설아만 봐도 우울할 때, 화날 때, 짜증 날 때, 슬플 때가 자주 있더라고요. 난 여름이나 설아가 침대 구석에 웅크리고 앉아 있을 때면 옆에 다가가 옷에 털을 잔뜩 묻히면서 골골거려요. 나의 사람 친구는 "분위기 파악 좀 해 줄래? 지금 간식 달라고 할 때야?" 하면서 부은 눈으로 투덜거리죠. 난 간식 달라고 떼쓴 게 아니라 친구를 위로했을 뿐이라고요! 물론 서랍에서 꺼내 주는 간식을 거절할 까닭은 없지만요.

여러분은 혹시 '아아, 망했다!'라는 생각이 들어서 인생을 다시 시작하고 싶을 때가 있나요? 내 친구 여름이는 이건 아니다 싶을 때마다 운석이 있는 설원을 찾아갔어요. 하지만 몇 번째 인생을 살든 여름이는 언제나 여름이예요. 각각의 삶은 그 삶에서는 단 한 번뿐이고요.

여러분, 앞으로 어떤 삶을 살든 매 순간이 소중하다는 사실을 잊지 말아 줬으면 해요. 우울함과 슬픔도 기쁨과 즐거움처럼 삶의 일부가 아닐까요? 생각해 보니까 나도 비가 내려서 햇볕을 못 쬐는 날이면 기분이 좀 그렇지만, 비바람에 흔들리는 나뭇잎을 바라보는 일도 나쁘지 않거든요.

이런, 간식 먹을 시간이네요. 그럼 난 이만 가 볼게요.

우리 다음에 또 만나요!

강의 대본

설재인

설재인

절대 기억하고 싶지 않은 청소년기를 매일 울면서 아득바득 버틴 사람. 지은 책으로 소설집 『내가 만든 여자들』『사뭇 강펀치』, 장편소설 『세 모양의 마음』『붉은 마스크』『너와 막걸리를 마신다면』『우리의 질량』, 에세이 『어퍼컷 좀 날려도 되겠습니까』가 있다.

　열다섯 살인 저보고 대학생들 앞에서 연설하라니 아줌마가 제정신인가? 처음엔 그렇게 생각을 했지요. 아아! 엄마가 예의 없이 아줌마라고 부르지 말라고 했는데 저도 모르게 평소처럼 나와 버리고 말았네요. 죄송해요. 제가 원래 경우 없는 사람은 아닌데. 근데 사실 저 같은 열다섯 살짜리가 옆집 사는 아줌마를 아줌마라 부르지 그럼 뭐라고 부르겠어요. 아줌마가 무려 대학교 교수님인 걸 안 지 한 달도 안 되었단 말이에요. 아줌마는 교수님이 아니라 강사라고 고쳐 주곤 하는데 저는 그런 거 몰라요. 대학에서 가르치면 다 똑같겠지, 뭐.

　여기 계신 분들은 다 중고등학교 교사가 되고 싶어 하는 분들이라고 들었어요. 사범대생? 정말 깜짝 놀랐죠. 어떻게 그런 걸 꿈으로 가질 수가 있죠? 진짜 세상에서 제일 신기한 분들인 것 같아요. 뭐, 저는 사람들의 다양함을 존중하지만요. 아니, 그래도……
뭐, 그래요.

아줌마는 저보고, 이런 선생은 되지 말라고 혼내는 연설을 해
달라고 했어요. 제가 그런 연설을 할 수 있을까 물었더니 너를 보
고 있으면 보통 대학생들보다 인생을 열 번은 더 산 사람 같거든,
이라고 대답하시더군요. 나, 참. 이러저러한 좋은 선생이 되라는
말은 세상에 깔리고 널렸으니 중학생으로서의 제 짬을 바탕으로
진짜 도움이 되는 말을 해 달래요. 특히 제 또래의 애들이 어떤 교
사를 싫어하는지 알아야 여러분이 정신 똑바로 차리고 그렇게 되
지 않으려 애쓸 거라나요.

사실 아줌마가 저를 데려온 것에는 분명히 이유가 있어요. 저는
알아요. 이 좁은 동네에서 우리 학교 소문, 못 들었을 리가 없죠.
주동자가 저였다는 것도 들었겠죠. 그러니까 그 누구도 아닌 저를
대학교 강의실에 불러다 세웠겠죠. 아뇨, 저는 안 떨어요. 이거 조
져 봤자 뭐…… 제 인생에 크게 금 가는 거 아니잖아요? 제가 나
중에 아이돌이 되어서 과거가 털릴 것도 아니고……. 배우 지망이
긴 한데, 연극배우 지망이에요. 무명일 거라 괜찮아요.

저는 뭐, 구구절절 설명하고 싶진 않고요. 그냥 아줌마가 들었
을 그대로, 우리 반에서 무슨 일이 있었는지 이야기할래요.

*

최근에 해인이라는 친구에게 편지를 썼어요. 해인이는 가명이에요. 저는 보통 거의 모든 걸 다이소에서 사는데 해인이한테 쓰는 편지지는 거기서 사지 않았어요. 덜 예쁘고 완성도가 떨어지거든요. 그래서 버스 타고 시내의 핫트랙스까지 갔어요. 아빠나 엄마나 다른 친구들한테 쓸 거면 상관없었을 텐데 해인이니까 다르죠. 디테일을 기가 막히게 알아보는 애들이 있잖아요? 그리고 제가 해인이를 워낙에 좋아하니까.

편지를 쓰는데 작은오빠가 들어와서 묻더라고요. 보복당하면 어떡할 거야? 그 자식이 밤길에 망치 들고 서 있으면 어쩔 거야? 어느 날 갑자기 학교에 들어와서 칼부림하면 어떻게 할 거야? 아니면 네가 나중에 연영과 가서 연극배우 딱 됐는데 인터넷에 구라 섞어 폭로글 올리고 그러면, 어쩔 거야?

우리 집안에서 작은놈의 간이 가장 작아요. 참 별로죠. 겁만 오지게 많아 가지고. 애당초 그렇게 생각이 깊은 사람이었으면 그런 식으로 엄마, 아빠 속 썩일 일도 없었을 텐데요.

아이고, 사족이 길었네요. 다들 졸기 시작했어요. 그거 아세요? 앞에서 보면 진짜 다 보여요. 대놓고 조는 거, 몰폰 하는 거, 코딱지 파서 책상 밑에 슬쩍 묻히는 거. 다들 아직 교단에 안 서 봐서 모르시는구나, 쯧.

*

제가 여기 선 이유는 저희 담임을 쫓아냈기 때문이에요. 음, 일단 지금은 담임이 아니지요. 임시로 다른 선생님이 오셨거든요. 내년까지 쉬는 건 확실한데 나중에 복직이 될지 어쩔지는 몰라요.

그 사람 이름은 정재찬이라고 해요. 뭘 적어요, 적지 마세요. 방금 만든 가명이니까.

올해 3월 2일에 정재찬이 강당에서 자기소개를 했을 때만 해도 우리가 얼마나 좋아했는지 아세요? 우리 학교에는 진짜 나이 든 꼰대밖에 없거든요. 생활한복, 탁구복, 아니면 대머리에 티 나게 없은 가발. 셋 중 하나예요. 귀까지 먹어서 우리가 무슨 말을 해도 못 들어요. 들리지 않으니 이해도 못 하는 것 같고요. 그런데 세상에, 새 담임이 젊은 남자잖아요? 스물여섯 살이라는 거예요. 미쳤다! 우린 다 그렇게 생각했죠. 소리 지르고 날뛰고 껴안고 장난 아니었지요. 옆에서 1반 애들이 엄청 꼽을 줬는데, 그거야 배 아파서 그런 거였어요. 걔네들은 1반 배정된 순간 이미 박정선이 담임으로 확정이었거든요. 박정선은 개꼰대 영어예요. 항상 2학년 부장을 맡는데, 이유는 중2병 애들을 잘 조지기 때문이라죠.

저희는 손가락을 꼽아 가며 계산했어요. 그랬더니 정재찬이 BTS 정국이랑 동갑이더라고요. 믿어져요? 옷이 심하게 촌스럽긴 했는데 뭐, 남자 아이돌 과사 보면 안 촌스러운 사람이 없거든요. 그러니까 뭐, 옷 같은 거야 저희가 잔소리해서 예쁘게 입혀 주면 된다고 생각했죠.

우리가 계속 소리 지르니까, 박정선 뒤를 쫄래쫄래 따라가던 정재찬이 우리 쪽을 보고 씩 웃더라고요. 저희야 예의 삼아 또 환호했죠. 그런데 맙소사……. 갑자기 입술에 손바닥을 갖다 대더니 다시 그 손을 우리 쪽으로 뻗는 거예요.

그때 알아챘어야 하는데 저희는 다 멍청했어요. 그냥 귀엽다고 염불만 외웠죠. 다가올 미래도 모르고 염병한 거예요. 그때 저 새끼 뭐 하는 거야, 하고 경악한 사람은 딱 한 명이었어요. 해인이. 정재찬의 정체를 처음부터 제대로 파악한 사람은 해인이뿐이었던 거예요.

*

저희 학교는 남녀공학이긴 한데 분반이에요. 서울에선 이제 분반 같은 거 거의 없어졌다는데 아시잖아요, 이 도시. 시내 한복판에 향교가 꿋꿋하게 남아 있고 주말이면 두루마기 입은 할아버지들이 모이곤 하는 '선비들의 고장'……. 우리는 '선비' 앞에 숫자 닮은 글자를 하나 더 붙이곤 하는데 선생님 될 언니, 오빠 앞에서 이런 말을 하면 안 되겠죠……. 어쨌든 그래서 우리 학교는 남녀가 건물을 아예 따로 써요. 체육 시간이랑 과학 실험 때만 잠깐 뭉

치고요.

그래도 애들은 귀신같이 연애하죠. 아시잖아요? 중학교 다들 다녀 보셨으니까 연애해 보셨을 거고…… 아, 아니에요? 중학생 때 연애 안 하셨어요? 오, 대박적…… 그렇구나.

뭐, 어쨌든 요새 애들은 그래요.

그러니까요, 사실 우리가 정재찬을 전정국한테 갖다 대거나, 귀엽다고 난리를 치거나, 사귀고 싶다고 했던 건 그냥 다 우리 흥에 그랬던 거라고요. 우리 재밌자고. 미쳤어요? 누가 진지하게 그런 생각을 하겠어요. 나이 들었지, 촌스럽지, 날씨 따뜻해지면 몸에서 쉰 냄새도 가끔 났다고요. 그냥 예의 삼아 그랬던 거죠, 예의 삼아. 그리고 워낙 나이 든 쌤들이랑 있으니까 상대적으로 좋았고. '상대적'으로요.

그게 잘못이었어요. 우리 다 반성해야 해요. 췌장이며 간, 폐, 심장, 대뇌까지 싹 다 도려내어 소금, 간장에 푹 절여 놓아야 된다고요.

첫날 정재찬은 우리 앞에서 스스로 첫사랑 얘길 했어요. 그러니까 음, 이런 식으로 질문이 나오도록 안간힘을 써서 유도한 거죠.

"수업, 한다?"

"에에이, 첫날인데요오."

"수업한다고?"

"에에에에이, 쌤 너무한다."

"뭘 너무해, 얼른 교과서 펴고."

"에에에에에에이, 없어요, 교과서."

"그럼 협상을 하든가."

"지우가 노래랑 랩 잘해요, 쌤!"

"옆 반 수업하는 데 시끄러워, 방해돼."

"그럼 슬기가 춤추면 되겠다!"

"음악 틀어 놓으면 안 시끄러울 것 같니?"

"연기 천재도 있는데. 주영이 눈물 연기 시켜 봐요!"

"교장 선생님 지나가다가 애 우는 거 보기라도 하면, 너네가 쌤 책임질래?"

그런 식으로 스무고개 하듯 정재찬이 원하는 걸 찾아가다 보니 결국엔 자기 연애사 얘기더군요. 궁금하지도 않은 자기 연애사를 누군가 억지로 물을 때까지 기다린 거예요. 그러고는 덥석, 가짜 지렁이 같은 미끼를 물었지요. 우리는 질문한 애를 다 함께 째려 봤어요. 하지만 뭐, 수업보다는 나으니까…….

그렇게 생각했는데, 그게 아니었던 거죠.

그런 거 아시죠? 서로 말 안 해도 눈빛으로 척 보면 척, 하는 거 있잖아요. 쟤 뭐야? 왜 저래? 와, 요즘 세상에 저런 얘길 하나? 미친 거 아냐? 뭐라고 해야 되는 거 아냐? 야, 됐어. 저런 걸 자랑이랍시고 늘어놓을 정도면 우리가 말해 봤자 소용없어, 이미 그른 놈이야, 하는 거 있죠. 여자들끼리는 딱 그런 무언의 대화가 발달해 있다니까요? 여러분 고개 들어서 지금 제 얼굴 한번 보세요.

보셨어요? 딱 이런 표정이에요. 여러분이 교단에서 막 뭘 열심히 떠들고 있는데 앞에 있는 애들이 이런 눈 하고 있다? 그럼 눈으로 욕하는 거예요. 다들 알아 두세요.

정재찬은 누가 봐도 구라쟁이였어요. 완전 허풍 쩔어요. 원래 선생님들은 학교 다닐 때 다 완전 범생이에 선생님들 편애 독차지한 애들 아니에요? 그러니까 어른 되어서 학교에 다시 오겠다는 말도 안 되는 생각을 하죠. 다들 어떻게든 이 지옥을 벗어날 생각만 하는데 말이에요. 그런데 왜 애들 앞에선 그렇게 센 척할까요? 앙증맞은 범생이였던 거 다 아는데.

정도를 너무 넘어서면 하나도 안 귀엽죠. 아니, 여자친구 지금까지 열다섯 명 사귀었다? 뭐, 그래요. 학교 다닐 때 하루에 네 명한테 고백받은 얘기? 뭐, 그 희망 사항인가 보지. 그런데 고등학교 때 오토바이 몰고 다녔다는 말이나, 17 대 1로 싸웠다는 썰쯤 되고 나니까 그냥 정말 미쳐 버리겠는 거예요. 씨알이 먹힐 소리를 해야지. 도저히 표정 관리가 안 돼요. 너무 짜증 나서, 있는 힘껏 비웃고 싶었죠.

이런 얘길 큰오빠한테 하니까 오빠가 그랬어요. "그냥 비웃어. 뭐, 어때?" 평생 담임이랑 사이좋은 적이 없었던 큰놈다운 말이죠. 아니, 나도 그러고 싶죠. 큰놈이랑 저랑 나이 차이 엄청 나거든요? 큰놈이 학교 다니던 시절이었으면 저도 무시하고 싸울 거예요. 아주 코를 납작하게 만들어 줬을 거라고요.

그런데 왜 그게 안 되느냐, 하면요. 그게, 생활기록부란 게 있잖아요? 젠장.

우리 큰놈 생활기록부는 없어요, 학교랑 싸우고 자퇴했으니까. 작은놈은 딱 세 장. 보기도 민망한 성적이고, 봉사 시간은 없고, 동아리는 댄스부라고 이름만 달랑 나와 있고, 담임들은 마지막 총평에 딱 한 줄씩만을 적었죠. '산만하고 학업 능력이 부족하나 교우 관계는 원만함.' 뭐, 이런 식이에요. 근데 저는 작은놈이 공부 못해서 생기부가 그렇게 얇은 줄 알았는데 그게 아니라 그 당시엔 다 그랬다더군요. 그럼 공부 잘하는 애들은 어떻게 고등학교 갔냐고 제가 물으니까 그러더라고요. 시험으로 갔지, 하고요. 그때 사귀던 언니가 과학고 간다고 공부하느라 자기를 찼기 때문에 잘 안다나요.

그런데 요샌 안 그런다고요. 생기부가 책 한 권이야. 있는 말 없는 말 다 지어내서 분량을 채워야 좋은 고등학교 갈 수 있다고요. 그러니까 담임한테 절대로 함부로 못 대해요. 한심해하는 티 팍 팍 냈다가 내 생기부 망하면요? 그럼 누가 책임져요? 내 인생은 망했는데 다들 손 탁 털고 모르는 척할 거잖아요?

그러니까 애들이 다 담임 앞에서 설설 기는 거예요. 적어도 좋은 고등학교 가고 싶은 애들은 다 그래요. 내 미래를 키보드 하나로, 문장 한 줄로 바꿀 권한이 있는 사람한테 어떻게 대들어요? 그냥 님이 최고예요, 하시는 말씀이 다 옳습니다, 하고 떠받들어 줄 수

밖에 없는 거죠.

정재찬은 여자애들이 그렇게 가식적으로 잘해 주는 게 진짜인 줄 알았나 봐요. 특히 애들이 자기를 남자친구처럼 대할수록 티 나게 예뻐했어요. 누가 봐도 여자친구 한 번 못 사귀어서 어린애들 데리고 한 푸는 거였는데 우리가 그걸 어떻게 지적해요? 그냥 서로 눈으로 욕하고, 급식 먹으면서 씹고, 단톡방에서 험담하고. 그런 거였죠.

그러다 해인이 일이 터진 거예요.

*

해인이는 되게 인기가 많은 애예요. 남자애들한테도 고백 엄청 받아요. 받아 준 적은 제가 알기론 없지만. 얼굴도 아이돌 누구 닮았는데 백일장 나가서 상을 자주 타는 바람에 학교에서 유명해졌죠. 다만 이제 외부 대회 상은 생기부에 기록도 안 해 준다 해서, 학교 선생들한테는 찬밥 신세긴 해요. 찬밥 신세인 이유는 하나 더 있어요. 걔가 어른들한테 '싹싹하게' 굴지 않거든요. 우리 앞에서는 다르지만 어른 앞에서는 절대 웃는 법이 없죠. 말투도 딱딱해지고 시선도 아래만 향해요. 작년에 과학이었나, 는 해인이한테 나중에 어디 가서도 직장 생활 못 할 상이라고 저주를 퍼부은 적도 있었죠. 해인이는 눈썹 한 올 안 움직이고 그 폭언을 들었어요.

정재찬이 해인이한테 엄청 들이댄다고 애들이 쑥덕거렸는데, 반쯤은 사실일지도 몰라요. 저는 교무실 청소하다가 둘이서 상담하는 걸 본 적이 있는데, 해인이는 가만히 앉아서 바닥만 내려다보면서 네, 네만 반복하더라고요. 그 앞에서 정재찬은 계속 예의 자기 자랑 반복하다가 가끔씩 자기 눈 좀 쳐다보라고 난리. 그러면 해인이는 잠깐 고개를 들었다 다시 떨구고 예, 예…… 라고 말했지요.

해인이는 예고에 가고 싶어 했어요. 거기 가려면 무슨 큰 백일장에 나가서 입상해야 하는데 지원 자체를 교사 추천서가 있어야만 할 수 있었대죠. 그래서 자기가 쓴 시랑 소설을 들고 갔대요, 읽고 추천서 써 달라고, 해인이가. 정재찬한테.

그거 아세요? 사람들은요, 자기가 이해를 못 하면 남에게 분노해요. 배우거나 자기 생각을 교정하려 노력하지 않아요. 자기에게 낯설다는 이유만으로 배척하고, 만약 자기를 이해시키려 하면 있잖아요, 감히 자신을 가르치려 들었다며 대상을 미워하고, 헐뜯고, 약해 보이면 협박하고, 깔아뭉개고, 너 따위는 아무것도 아니라고 고래고래 외치는 거죠. 심지어 자기를 무시하는 티를 팍팍 내는 어린 여자애가 이해할 수 없는 텍스트를 들이민다면…….

해인이는 그날 상담이 끝나고 와서 책상에 고개를 묻었어요. 여자애들은 감이 귀신같이 좋죠, 아시잖아요. 뭔가 일이 생겼구나. 모두 직감했어요. 그런데 함부로 물어보진 못하고 눈치만 힐끔힐

끔 보는 거죠. 싫어할 수도 있잖아요, 쪽팔려 할 수도 있잖아요, 힘들어하는 모습 티 내는 거.

그런데 그때 갑자기 해인이 어깨가 들썩거리는 거예요. 웃나? 우나? 우리는 결국 서로 일 센티씩 앞서거니 뒤서거니 하면서 해인이를 향해 달팽이처럼 기어갔죠. 어깨를 두드리고 고개를 들게 한 다음 얼굴을 확인했어요.

해인이는 웃으면서 울고 있었죠.

저, 음, 예비 선생님들. 교사가 모르는 것도 아는 척해야 잘 버틸 수 있는 직업인 거 제가 모르지는 않는데요. 자기보다 더 많이 아는 타인에겐 그 사람이 몇 살 어리든 간에 숙일 수 있어야 잘 큰 어른이라고 저는 생각해요.

정재찬이 해인이 원고를 둘둘 말아 들고 웃더래요. 한 10년 전에 유행하던 작가 얘기 하면서, 읽어 봤냐고. 안 읽어 봤다니까 그런 걸작도 안 읽어 보고 무슨 글을 쓰냐고 했다는 거죠. 그 작가 성희롱으로 퇴출당한 게 언젠데……. 그러면서 장광설을 늘어놓더래요. 기본도 없이 들이대는 지망생들의 부족함에 대해서였나? 너처럼 멋이나 부리는 애들이 흐리는 물에 대해서였나? 해인이가 참다 참다 짜증 나서 그랬다는 거죠. 선생님, 모르시는 모양인데 그 작가 이제 활동 못 해요. 잘못 쓴 게 너무 많아서요. 빻았거든요. 선생님 어디 가서 그 작가 좋아한다고 하시면 안 돼요. 잘 아는 사람들이 뒤에서 비웃어요.

취향을 공격당한 사람들이 흔히 급발진하는 걸 저도 잘 알아요. 그렇지만 선생이란 사람은 좀…… 그러면 안 되지 않아요? 애를 상대로?

무슨 일이 있었냐고요?

싫어요. 정재찬이 해인이에게 무슨 말을 지껄였는지, 걔를 얼마나 바닥까지 끌어내렸는지, 절대로 당해선 안 될 부당한 경험을 몇 번이나 끼었었는지에 대해 이야기하는 건 무의미하죠. 듣는 여러분이야 그게 세세할수록 재미있겠지만 선생이란 사람들은 어쩌면 그런 걸 듣거나 말하거나 알고 싶어 하는 마음을 스스로 제어하고, 또 참을 수 있도록 아이들을 가르쳐야 하는 존재라고 저는 생각해요. 저는 전시하고 싶지 않아요.

다만 이건 얘기하고 싶네요. 그날 정재찬은 종례 시간에 들어와서 말했어요. 늬들은 너희가 다 큰 어른인 줄 알고 머리 꼭대기까지 기어오르려 하는데 말이지, 어른들 보기에 너희는 아주 부족한 애일 뿐이야. 그걸 인정하지 못하는 사람의 인생이 어떨지 내 눈앞엔 다 훤히 보인다. 뭐, 이런 식의 말이었죠. 누가 들어도 해인이 저격하는 말이었어요. 아니, 그런데 선생님들은 하루에 몇백 명을 만나잖아요. 몇백 명이 그 한 사람을 바라보는 거잖아요. 아무렇게나 한마디 하면 몇백 명의 귀가 그걸 듣는 거예요. 그럼 절대로 한마디 한마디 함부로 하면 안 되는 거 아니에요? 그런데 왜 다들 그러지 못하죠?

*

집에 와서 큰놈에게 해인이 얘길 했어요.

아까 잠깐 말했지만 우리 놈들 인생 진짜 파란만장해요. 오빠들을 진짜 사랑하지만 그렇긴 해요. 부모님이 속 꽤나 썩었죠. 뭐, 천성들은 착해서 일진 짓을 하거나 남한테 피해 주거나 하진 않았지만. 큰놈은 저보다 스무 살 많은데 학교에서 담임에게 세 시간 동안 얼차려를 당한 후 한 달 동안 등교 거부를 했어요. 학교에서 자퇴 허락 안 해 주니까 집 나가서 반년 동안 막노동을 뛰었죠. 자퇴한 다음엔 면허를 따서 대절버스 기사를 했어요. 벌써 몇 년째야, 이제 완전 베테랑이죠. 작은놈은 열다섯 살 많은데 춤으로 나름 좀 나가는 것 같다가 디스크가 세게 왔어요. 근데 그 당시 담임이 군인 출신이었는데, 딴따라 인생이 뭐 그렇지, 라고 망언을 하며 괴롭힌 바람에, 에휴……. 아직도 우울증 약 먹어요. 그래도 지금은 훨씬 나아졌지만. 진짜 심할 땐 작은놈 얼굴만 봐도 눈물이 줄줄 났어요. 지금은 웹소설 쓴다고 하는데 마이너한 팬층만 있는지 잘 풀리는 것 같진 않고요. 좀 신기한 게, 저는 무협 같은 거 쓰는 줄 알았는데 그게 아니라 로맨스 쓰더라고요. 제 친구 중에 한 명이 작은놈 팬이에요. 취향 참 독특해. 물론 둘 사이에 제가 끼어 있다는 걸 둘은 절대 모르죠. 아마 제 친구는 죽을 때까지 「아득한지 진득한지 여하튼 키스」의 작가가 여자인 줄 알고 있을 거예요. 아…… 오빠 정체 밝히면 안 되는 건가.

잊어 주세요, 언니, 오빠들. 제발. 저 작은놈한테 죽어요. 물론 그 전에 제가 죽이겠지만, 정당방위로.

어쨌든 제가 전한 정재찬의 망언을 듣고 오빠들은 헛웃음을 쳤어요. 그 새끼 서울에서 왔지? 서울 애들이 지방 오면 꼭 피해의식에 쩔어서 아무나 막 헐뜯고 넘어지더라. 이건 큰놈의 말이었고, 네 친구 괜찮아? 인터넷에 올리라고 해, 필력도 좋을 텐데, 라고 말한 건 작은놈이었어요. 저는 두 이야기에 모두 동조했죠. 하지만 말이죠…….

두 사람의 말 어디에도 즉각적인 해결 방안은 없잖아요? 원래 잘못하는 인간들은 있죠, 귀에 딱지가 앉도록 얘기해도 자기가 잘못한지 모르잖아요. 특히 남 가르치는 직업 택한 사람은 오죽하겠어요? 저는 정재찬을 진짜 벼랑 끝까지 몰고 가서 턱밑에 죽창 갖다 대고 위협하고 싶을 정도로 화가 났는데, 오빠들의 그런 방법을 쓰면 너무 뻔하고 묻히기도 쉽고 무섭지도 않잖아요? 저놈들은 이미 나이를 너무 많이 먹어서 뇌가 굳어 버렸다고 저는 생각했어요. 그러니 무언가를 해내려면, 내가 다 계획해야 한다고.

이 얘기를 오빠들에게 다 했죠. 오빠들은 학창 시절에 힘들었던 만큼 저를 생각해 주거든요. 얘기하고 나니까 오빠들이 그러더라고요.

우릴 적극적으로 써먹어라! 이용해! 착취하고 소모해!

우리도 학교 선생한테 복수 좀 해 보자!

복수!

하도 난리 법석을 떨길래 제가 좀 어이없어서 물었죠. 복수? 아이고 이놈들아, 말이야 쉽지. 어떻게 할 건데? 미행해서 집을 알아낼 거야? 학교로 쳐들어갈 거야? 아니면 하루에도 몇만 개의 게시물이 올라올 인터넷 커뮤니티에 글 하나 달랑 올리고, 곧바로 '어그로 오지고요'란 악플이나 먹으며 묻힐 거야?

그런데 신이 그렇게 아주 냉정한 양반은 아닌가 봐요? 아, 저는 신을 안 믿어요. 근데 해인이가 믿으니까 뭐, 신의 가호 맞겠지요, 나중에 벌어진 일들은. 어쨌거나 하늘이 내린 듯한 타이밍이긴 했으니까.

*

"막내야, 너 한의중학교 맞지?"

"뭐야. 동생 학교 어디 다니는지도 물어봐야 알아?"

"2학년 2반 맞지?"

"점심으로 뭐 잘못 먹었어?"

"고갈비 먹었는데. 아니, 그래서 아니야?"

"맞지. 근데 왜 물어, 갑자기. 무서워 죽겠네."

"대박이다, 야."

"왜?"

큰놈이 수화기에 대고 거친 숨을 내뱉는데 고갈비 양념 냄새가 인공위성 전파 타고 저한테까지 오는 것 같더라고요. 조금 비리지만 고소하고, 또 매콤한 냄새.

"내가 2학년 2반 기사야."

"뭐?"

"너네 반 수학여행 버스, 내가 운전한다고! 야, 씨, 큰일 났네. 너네 반 애들 안 시끄럽냐? 헛소리들 안 해? 정신 줄 잘 잡고 다니냐?"

맙소사.

우리 반에서 누가 제일 시끄럽게요? 누가 제일 헛소리를 심하게 하게요?

누구 정신 줄이 제일 시꺼멓게 팍삭 썩어 문드러졌게요?

됐다.

좋아서 소름이 돋는다는 걸 저는 난생처음 경험했어요.

*

큰놈은 정재찬의 약점을 정확히 알았어요. 그런 놈들은 강약약 강이야. 조금만 찍어 누르면 꼼짝을 못 하지. 그러고는 또 물었어요. 절대로 뒤탈이 없게 충분히 만들어 줄 수 있어. 수학여행이라면, 거사를 치르기에 딱 좋은 시간대가 있거든.

"언제인데?"

"둘째 날 밤." 큰놈이 사악하게 웃더라고요. "그날 밤에 선생들이 술판 벌이거든. 그때 무슨 일 생기면 절대로, 그중 어느 누구도 밖으로 얘기 못 꺼내지. 애들한테도 책임 못 물어. 왜냐? 자기들이 일해야 할 시간에 술 먹다 사달 났는데 어떻게 남 탓을 하냐고."

그때 무슨 일이 일어나면 좋을까? 저녁에 우리 둘이서 머리 맞대고 끙끙대고 있는데 자꾸 옆에서 누가 모기처럼 앵앵거리고 시끄럽게 돌아다녀요. 아, 하지 말라고! 시끄럽다고! 방해된다고! 우리 둘이서 눈길 한 번 안 준 채 떽떽거린 지 한 시간쯤 됐을까. 결국 볼이 부어서 작은놈이 빽 소리를 지르더라고요.

"야, 씨, 나 무시하냐? 작가 무시하냐고!"

아니, 돕고 싶으면 그냥 도와주겠다고 말로 하면 될 것이지 작은놈은 진짜, 하여튼 저랑은 안 맞는다니까요!

*

아, 표정 좀 펴세요, 언니, 오빠들.

저는 언니, 오빠들을 믿어요. 점수 맞춰 대학 온 게 아니고 정말로 좋은 선생님이 되고 싶어서, 사랑으로 애들 돌보는 진정한 선생님이 되고 싶어서 온 거라고 믿어요. 학교 다닐 때 좋은 선생님을 만나서 닮고 싶었든 아니면 나쁜 선생님들 보고 저렇게는 되지 말아야지, 학교 현장 뜯어고쳐야지, 라고 생각해서 사범대로 왔든 간에. 그리고 몇 년이 지나도 그 마음 잃지 않는 선생님이 되면 좋겠어요. 적어도 학교에 있는 시간을 지옥으로 만드는 선생님은 안 되면 좋겠다는 거예요.

절대 안 될 거라고요?

글쎄요. 우리 엄마가 그랬는데 사람의 초심은 고양이 털보다 더 쉽게 빠진대요. 그리고 허공을 날아다니면서 참을 수 없도록 재채기나 하게 만드는 거죠.

*

출발일이 밝았어요. 우리 동네는 내륙이라서 다들 바다를 보고 싶어 하는 바람에 수학여행은 동해 근처 바닷가에 있는 도시 몇 군데를 쭉 도는 루트였죠. 여름이 다 되었기에 날도 더워서 잘됐다 싶었어요. 정재찬은 가기 전날까지도 수업 시간에 그런 얘길 하더군요. 수능 끝나고 부산 바닷가에서 헌팅했던 그런 얘기…….소문을 듣자 하니 남자반에서는 수위가 급상승한다고 하더라고요. 뭐, 제가 여기서 구구절절 남자애들이 전해 준 얘길 반복할 필요는 없겠죠. 지저분해요.

저는 일부러 해인이 옆에 앉았어요. 그래야 큰놈도 두리번거릴 거 없이 해인이가 누군지 바로 알아볼 수 있으니까. 우린 나란히 앉아서 과자를 나눠 먹었어요. 큰놈이 수학여행엔 프링글스가 국룰이라면서 몇 통이나 싸 줬는데 덕분에 목말라 죽는 줄 알았네요, 정말. 큰놈 시절엔 그게 비싼 과자여서 다들 부스러기라도 얻어 먹으려고 안달이었대요. 믿어져요? 무슨 해방기 때 사람인가 봐.

그렇게 짠 걸 먹고 바다를 또 보니까 그토록 눈물이 났나 봐요. 몸에서 소금기 털어 내려고. 아마 해인이가 옆자리에서 보여 줬던 글들 때문인지도 몰라요. '언제 죽고 싶었느냐고 묻는다면 단단하고 투명한 나라고 믿었는데 차마 굳지도 못한 유리 시멘트에 불과함을 들키고야 말았을 때.' 해인이가 쓴 시의 제목 중엔 이런 것도 있었지요. '그날 나는 피를 흘렸고 함께 혼이 녹아 들러붙었어. 거기서 비척대며 일어난 것은 내가 아니라 네, 밖에 못 하는 나.' 이런 구절도 기억이 나네요. 진짜야? 제가 묻자 해인이는 고개를 끄덕였죠. 스트레스받으면 많이 하혈하는 체질이라고, 그러더라고요. 그날부터 쭉, 수학여행 가는 그날까지 생리가 멈추지 않는다고. 오버나이트를 차고 와서 불편하다고요. 저는 숙소에 가서 해인이에게 탐폰 사용법을 알려 줘야겠다고 생각했지요.

첫째 날은 무사히 잘 보내 놓고, 둘째 날에 큰놈의 도움으로 일을 벌이는 게 우리 계획이었어요. 그런데 조금 걱정이 되더라고요. 큰놈이 은근 마지막 순간엔 마음 약해지는 타입이거든요. 나 설득해서 거사를 그만두게 하면 어떡하지? 전 사실 그럴지도 모른다고 각오했었죠.

그런데 세상에. 제가 아는 정재찬이라면 버스기사라는 이유로 오빠 개무시하고도 남을 거라고 생각하긴 했는데 진짜로 그럴 줄이야. 그렇게 큰놈 마음까지 앙심으로 똘똘 뭉치게 만들 줄이야. 감사할 따름이었죠. 큰놈이 절대 맘 돌리지 않게 되었으니까요.

사실 우리 큰놈이요, 막 굴러서 그렇지, 비주얼이 괜찮걸랑요. 코디만 내 손에 맡겨 주면. 역시나, 버스 타자마자 우리 반 애들이 기사님 너무 잘생겼다고 난리가 났어요. 뭐, 누구 닮았다고 연예인 이름이 다섯 개쯤 나왔죠. 같이 사진 찍자는 애들도 있었고. 그, 왜 있잖아요, 수련회 갔는데 잘생긴 교관 있으면 2박 3일 동안 아이돌처럼 좋아한 다음에 까맣게 잊어버리는 거. 그렇게 부질없는 물거품이죠, 뭐. 왕년에 잘나갔던 큰놈도 그 부질없음을 잘 아니까 무슨 사진이냐며 그냥 웃어넘기고요. 그런데 정재찬은 첫째 날부터 그게 마음에 안 들었던 거예요. 왜냐? 자기가 주인공이어야 하니까. 자기가 받아야 할 여중생들의 사랑을 일개 버스기사가 싸악 긁어 가니까 배알이 꼴리지 않을 리가 있어요?

큰놈은 운전하는 내내 저를 모르는 척했어요. 휴게소에서 친구들이랑 맛있는 거 사 먹으라며 몰래 용돈을 찔러줬을 때를 빼면 말이죠. 아, 바닷가에서 애들이랑 신발 벗고 발목 담근 채 놀 때도 엄마 보내 주겠다고 한 장 찍었고. 그 외에는 생판 남인 것처럼 굴었어요. 전 그런 연기를 할 수 있는 사람이어서, 솔직히 큰놈을 좋아해요. 겉으로는 툭툭대지만. 원래 어른들은 항상 애들한테 치근 덕대잖아요? 자기랑 놀아 주길 원하잖아요? 억지로 끼어들어서 젊은이들 흉내 내고는, 우리가 불편해서 입을 꾹 다물면 금방 삐 치잖아요? 그런데 우리 큰놈은 그런 게 없거든요.

어쨌든 첫째 날은 그렇게 지나갔어요. 남자 방 몇 군데서 술을 밀반입하려다가 걸렸고, 우리 옆방 애들은 불 끄고 베개 싸움을 하 다가 한 명이 서랍장에 새끼손가락을 부딪쳐 골절되는 바람에 응 급실에 가야 했지요. 언니, 오빠들 웃죠? 지금 웃음이 나오죠? 그 거 알아요? 우리 전해 남자 선배들은 숙소 발코니에 똥을 눴어요. 체크아웃 하고 나서 숙소 사장이 교감한테 전화를 걸었대요. 아주 푸지게 눴다죠? 그래서 그때 거래하던 여행사가 우리 학교랑 손절 했단 거 아니에요, 애들 관리도 못 하면서 값만 후려쳐 깎는다고.

아이고, 이 얘길 하려던 게 아니었는데.

그리고 대망의 둘째 날이 밝았지요. 작은놈이 아주 그냥, 대본 까지 써 가면서 빼곡하게 적어다 준 장면들을 실제로 연출해 보 는 날! 작은놈이 큰놈한테 그랬거든요. 형은 멍청해서 자기가 연 습시키지 않으면 동선 꼬이고 대사도 못 칠 거라고. 그래서 정재 찬이 자기가 왜 이런 벌을 받는지도 모르고 당하기만 할 거라고 요. 물론 큰놈은 교훈 같은 거 딱 질색이라고 대답하긴 했지만 어 쨌든 작은놈이 써 준 대로 열심히 연습하고, 저랑 합도 맞춰 보았 지요. 그때 처음 알게 되었는데 제가 은근히 연기에 재능이 있더라고요?

그런데 세상에나, 우리가 시비를 걸기도 전에 둘째 날 새벽이 되자마자 정재찬이 먼저 선수를 쳤죠. 박정선 쌤한테 버스기사를 바꿔 달라고 한 거예요! 저는 아침에 큰놈한테 문자 받고 나서 머리를 싸맸어요. 그런데 애들이 벌써 알아서…….

"우리 훈기 어디 갔어요?"

알아서 난리가 났죠. 여기서 훈기란 훈훈한 기사 오빠란 뜻이랍니다. 정재찬이 딱 잘라 말하더군요. 기사가 엉큼하게 쳐다본다는 학생 항의가 들어와서 남자반인 6반 버스로 옮겼다고요. 말이 돼요? 학생 항의라니. 우리 모두 아는 바가 없는데? 그런데 담임이 그렇게 말하면 어떻게 거역해요? 도리가 없잖아요?

우리 반 버스기사로는 6반 담당이었던 할아버지가 왔는데 한 시간만에 우린 다 질려 버렸죠. 무슨 유적지를 들르든 가는 길 내내 유교 꼰대 발언만 계속해 대는 거예요. 뭐, 이를테면 이런 거 있죠? 오죽헌에 가면서 마이크에 대고 말하는 거죠. 요샌 아가씨들이 다 사상이 이상해서 결혼을 하지 않는다느니, 그런데 원래 결혼이란 건 자연의 섭리라느니, 그래서 우리는 잘못 큰 언니들을 보고 배우지 말고 현명하게 커서 자식을 위인으로 키우는 어머니가 되어야 한다느니 뭐, 그런 얘기 있잖아요. 아니, 무슨……. 요새 중장년층이 스마트폰 중독 제일 심하다는데 저 할아버지는 사회가 어떻게 돌아가는지도 모르나 봐요?

이쯤에서 저는 생각했어요. 아, 이건 기회다. 원래는 저 포함해서 한 서너 명 정도를 꾀어 함께하려 했는데, 판을 더 키울 수 있겠다 싶었죠. 그래서 학급 단톡방에 갈겼어요.

야, 정재찬이 남자반이랑 버스기사 바꿔 달라고 해서 훈기가 쫓겨난 거 래!!!!!!!!

학급 단합이 필요하세요? 명심하세요. 쳤던 걸 정당한 이유 없이 뺏으면 됩니다. 백 프로예요. 거기에 브레이크 없는 솔직함까지 더해지면 금상첨화.

내가 어케 알게?

사실 훈기 내 큰오빠임

(사진)

됐냐. 언더스탠?

난리 났죠.

*

저는 애들한테 우리 계획을 다 말했어요. 애들은 흥분했죠. 원래 우리 나이가요, 공격성이 머리 꼭대기까지 찰랑대며 올라올 때거든요. 그걸 꾹 누른 채 얌전하고 조신하게 살라고 하니 얼마나 힘들어요, 그게. 아무리 눌러도 철철 넘치지. 그게 중2예요, 언니, 오빠들. 나중에 현장에서 중2들한테 무조건적인 복종 강요하지 마세요, 네? 인간 성장엔 단계라는 게 있고, 옛날의 자신이 얼마나 꼴불견이었는지 기억 못 한다 해서 타인을 멋대로 평가할 수 있는 건 아니라고요.

"그런데 그 계획, 너무 위험하지 않을까?" 제 설명을 들은 애들 중 하나가 그런 말을 했죠. "만약 사람들이 나중에 훈기 신상이라도 까면? 그럼 어떡해? 사람들은 항상 자기 맘대로 오해하잖아. 너희 오빠는 전국적으로 욕먹을 수도 있어. 국민 쓰레기가 될 수도 있다고. 자기 일도 아니고 여중생들 일에 성인 남자가 끼어들었다가. 그래도 괜찮대?"

괜찮은 이유? 당연히 있었죠. 믿을 만한 이유가.

*

주차장에서 6반 버스 짐칸을 여니 큰놈이 약속했던 봉지가 들어 있었어요. 우리는 과자만 빼놓고, 술은 일부러 병 꼭지가 조금 보이게 주머니에 넣었지요. 그러고는 흠흠 노래 부르면서 숙소 복도를 어슬렁거렸어요. 담임들은 여자 층에 절반, 남자 층에 절반 있었는데 해가 떨어지니까 다 남자 층에 모이더군요. 세미나 실이라나, 뭐 이름만 그렇지 안에서 술판 벌이는 용도로 쓰는 방이 하나 있는데 거기 다 들어간 모양이었어요.

저는 그 문에 귀를 댔죠. 깔깔, 시끌벅적. 가끔씩 "애들 보러 한

번 나가야 하지 않아요?"란 소리가 들리기도 했어요. 4반 담임이
었나.

　문을 두드렸어요. 깔깔 소리가 뚝 끊겼죠. 다시 한번 두드리면
서 선생니임, 하고 소리를 냈더니 무거운 철문이 아주 조금 열리
더라고요. 그 틈새로 겨우 얼굴 정도만 확인할 수 있게 말이에요.
문틈까지 와서 얼굴을 들이민 사람은 정재찬이었어요. 하긴 막내
니까.

　"아! 쌤 찾아왔는데엥. 잘됐다."

　"왜?"

　"쌔앰." 저와 제 친구는 주머니 쪽을 슬쩍 보여 주며 속삭였어요.
"쌤. 저희 술 마시려고 모였는데 애들이 쌤 불러오래요."

　정재찬이 눈을 휘둥그레 뜨는 게 문틈으로도 다 보이더라고요.

　"애들이 쌤 보고 싶다고 불러오래요오." 저는 아빠한테 용돈 받
아 낼 때 쓰던 목소리를 끌어냈죠. "쌤 설마, 우리 혼내지는 않으
실 거죠? 마지막 날인데. 많이는 안 마실 건데."

　"야, 인마! 너네들 무슨……." 정재찬이 속삭였죠. 등 뒤에서 "정
쌤, 무슨 일인데? 안 와?" 하는 박정선 목소리가 들리고요. 정재찬
은 크게 외쳤어요. "아, 예. 부장님, 저희 반 애 하나가 배가 아프다
네요. 소화제 하나만 주고 오겠습니다!"

　"촌에서 살던 애들이 배때기에 안 맞던 바닷바람 맞으니 그런
거지. 얼른 다녀와! 오빠 손은 약손도 해 주고 와!" 박정선이 소리

치는 게 들리더라고요. 낄낄 웃는 소리도 같이. 와, 씨. 토할 뻔.

그 얘길 듣고 정재찬은 주춤대며 밖으로 나왔죠. 정재찬 등 뒤로 문이 쿵, 하고 닫히고요. 뭘 먹었는지 입술이 번들번들하더군요. 우리는 등을 세게 떠밀었어요. 가요, 가, 쌤. 얼른 가요. 다 쌤 기다리고 있어요.

"근데 저희 반 애들 전부 다 모여 있는데 소주 세 병에 맥주 피처 세 병 있어요." 제가 말했어요. "술을 안 먹어 봐서 모르겠어요, 쌤. 그 정도면 괜찮아요?"

괜찮을 리가 있나요? 내가 오빠들을 보고 배운 게 있는데. 이게 다 작전이었죠. 정재찬은 홀라당 넘어갔고요. 낄낄대고 웃더니 말하더라고요. "야, 역시 우리 반은 참 조신하고 여자여자해, 그치? 스무 명에 술이 그만큼이면 누구 코에 붙이니? 아이구, 귀여워. 이래서 쌤이 너희를 예뻐한다니까."

"헐. 더 필요해요?" 제가 묻고 덧붙였죠. "그럼 더 사 와야 하나? 근데 그럴 수가 있나요? 저희 이거 출발할 때부터 갖고 온 건데 여기선 어떻게 사야 할지……."

"요 앞에 바로 편의점 있으니까 쌤이랑 같이 가. 밖에서 기다려, 쌤이 살 테니까."

나이스. 녹음 기능이 돌아가고 있는 핸드폰이 담긴 추리닝 왼쪽 주머니가 묵직해진 것은 기분 탓이었을까요?

*

"하긴, 나도 수학여행 때 술 어지간히 마셨지." 무거운 비닐봉지를 들고 애들이 모인 방으로 가는 내내 정재찬은 쉴 새 없이 조잘거렸어요. "그때 또 여학교 애들이랑 쪼인을 해 가지고. 그땐 커다란 유스호스텔에 묵어서 서로 동이 달랐는데 A동에서 C동으로 여자애들이 직접 온 거야. 그 정도로 애들이 목말라 있어 가지고. 그래서 술을 먹는데 어떤 여자애가 계속 내 옆에 붙어서 떨어지질 않는 거지, 친구들이 가자고 해도 안 가. 폰 번호 달라고. 나중엔 내가 연락하겠다고 몇 번을 약속하고 나서야 간신히 떨어졌는데 나중에 알고 보니 걔가 그 학교에서 인기 제일 많고 우리 학교 남자 삼짱이랑 사귀었던……."

"네, 네." 저는 급하게 정재찬의 옷깃을 붙들고 잡아당겼죠. "쌤. 다 왔어요. 이제 목소리 낮추셔야 돼요, 다른 반 애들한테 우리 반 담임이랑 술 마시는 거 들키면 어떡해요."

그제야 말을 멈추더군요.

저는 약속한 대로 노크를 했어요. 문이 열렸죠. 애들이 작은 목소리로 꾸며 낸 환호를 지르며 정재찬을 끌어당겼어요. 우리 반 애들이 모두 방 안에 앉아 있었어요. 가운데엔 과자가 엄청 많았죠. 거의 편의점 수준으로.

물론 과자만 있던 것은 아니었죠. 우리만 있던 것도 아니었고요.

방 안은 캄캄했고, 저희는 정재찬의 등을 떠밀었어요. 뭐야, 뭐야. 정재찬이 저희 힘에 밀려 현관으로 걸음을 옮겼죠. 그때 하나 둘씩 핸드폰 플래시가 켜졌어요. 왜, 가수 콘서트 할 때 발라드 곡 부르면 관객들이 하는 것처럼요. 그리고 애들이 그 빛을 흔들면서 입 모아 노래를 부르기 시작했죠. 스승의 은혜는 하늘 같아서, 우러러볼수록 높아만 지네.

"뭐야, 이 서프라이즈는. 케이크라도 준비한 거야?"

정재찬이 웃는 소리가 나더라고요. 저도 웃었지요. 맞아요, 쌤. 서프라이즈가 있지요. 서프라이즈가요.

초 몇 개가 둥실둥실 떠서 정재찬이 있는 쪽으로 다가갔어요. 뭐 대충 초코파이로 만든 케이크에 초 꽂은 거였죠. 그 전주 수업 시간에 군대에서 초코파이 먹은 얘길 하도 많이 해 갖고, 우리의 마지막 성의였어요. "후 부세요, 후." 케이크를 든 건 해인이었어요.

"잠깐만. 나 사진 좀 찍고." 정재찬이 핸드폰을 꺼냈어요. 뻔하죠. 저렇게 사진 찍어서 인스타랑 페이스북에 올리겠지, 인기 쩌는 친구 같은 교사인 척하면서. 찰칵. "오케이, 됐다."

해인이가 다시 외쳤어요. 후 부세요, 후!

"선물도 있냐?"

후 소리와 함께 촛불이 꺼지자 정재찬이 또 잔뜩 흥에 겨워 묻더라고요. 우리는 불을 켰어요.

*

선물이 있었죠.

우리 큰놈이 리본을 달고 둥그렇게 앉은 애들 가운데에 쪼그린 채 그 모든 걸 동영상으로 찍고 있었으니까요.

제가 일을 계획할 때 마지막에 큰놈을 필요로 했던 이유는요, 보호받기 위해서였죠. 꼭지가 돌아버린 정재찬이 어떤 짓을 벌일지 모른다고 걱정한 사람이 바로 해인이었거든요. 하지만 큰놈이 몇 년간 엄마 핀잔 들으면서도 아랑곳하지 않고 세심하게 부풀려 놓은 이두박근과 갈라진 허벅지, 그리고 등짝 스매싱당하면서 피부에 새긴 커다란 타투 같은 것들이 정재찬에게는 몸을 움직이지 못하게 하는 결박과 같았을걸요?

*

물론 누군가는 물었어요. 이러다가 만약 정재찬이 훈기한테 맞대응하면 어떡해? 여중생들 꾀었다, 나쁜 짓 하려 했다, 이런 식으로 반격하려 들면?

제가 안심하는 이유가 있었다고 말씀드렸죠?

"우리 오빠는 남자 좋아하는 사람으로 완전 유명해."

큰놈은 인터넷에서 유명한 오픈리 게이고 자주 얼굴 드러낸 채

시위를 하죠. 저한테도 어디서든 자기 얘기 해도 상관없다고 해요. 오히려 해 달라고, 자기 같은 사람들이 주변에 많다는 걸 알려 달라고 하죠. 그것 때문에 학교 나온 거예요. 학교에서 커밍아웃 하니까 미풍양속 해친다고 매일 불러다 얼차려 시키고 패고 난리를 부려서. 그땐 선생들이 애들 참 많이 때렸다고 그러대요. "그러니까 우리 계획의 진정성이 의심받을 일은 없어." 저는 팔짱 끼고 말했죠. 훈기의 비밀을 들은 애들은 오히려 좋아하더라고요. 너네 오빠 멋있다. 그런 말도 들었어요.

멋있긴! 집에서 피자 한 번에 세 조각씩 입에 쑤셔 넣고 처먹으면서 남자친구랑 헤어졌다고 질질 짤 때 모습을 봐야 하는데 말이죠. 그러고서는 그 칼로리 태워야 한다고 눈물 줄줄 흘리면서 스쾃할 때의 그 한심한 작태를 봐야 하는데. 우리 큰놈이 여간 사랑꾼이 아니거든요. 사랑을 위해서라면 시간을 천오백 번 돌려 다시 태어나고도 남을 인간이에요.

분노한 정재찬이 어떻게 난동을 부렸는지는 설명하지 않을게요. 그 덕에 저 사람이 정상적인 선생이 될 수 없다는 우리 주장이 조금 더 힘을 얻었다는 얘긴 할 수 있겠어요. 그날 술 마시던 선생님들 다 난처해졌는데 아마 박정선이 제일 먼저 나서서 정재찬한테 뒤집어씌우고 빠져나왔다죠? 나머지도 줄줄이 비엔나소시지처럼 똑같이 굴었대요. 흠.

그때 찍은 영상 사본이 몇 군데나 있는지 모르겠어요. 일단 원본은 큰놈한테 있고, 저한테 하나, 교장한테 보낸 거 하나, 해인이한테 준 거 하나…… 뭐, 더 있을지도요. 혹은 누군가 다른 각도에서도 찍었을지 모르죠. 그러니 학교에서 영상 없애라고 난리 부리기도 뭣하겠죠. 아무 일도 없었던 척 시치미를 뚝 떼고, 입에 지퍼 채우고, 학교는 다시 굴러갑니다. 교장 같은 대가리들은 조마조마해 미칠 거예요. 우리가 폭탄을 가지고 있는 거나 마찬가지니까.

그래도 좁은 동네에선 소문이 알음알음 퍼져 나갔죠. 그 덕에 제가 지금 여기서 입 털고 있는 거잖아요.

*

맞아, 저는 그 수학여행에서 해인이에게 탐폰 사용법을 가르쳐 줬어요. 세 개 버리고 네 개째에 성공했어요. 처음엔 반신반의하더니 반나절 써 보고는 지금껏 잘못 살았다며 흥분하더라고요. 어떻게 이 좋은 것도 모르고 버텼을까, 하고요. 왜 학교에선 이런 걸 안 가르쳐 줄까? 묻기에 저는 대답했죠. 야, 택도 없는 소리. 바랄 걸 바라.

큰놈이랑 같이 집에 돌아와서 작은놈한테 영상 보여 주고 설명했더니 작은놈은 판이 제법 커진 게 마음에 든다며 고개를 끄덕이더군요. 나중에 이 일을 작품에 써먹어도 되냐고 묻기에 제가 그랬죠. 어디서 감히 침을 바르려고 들어? 내가 써먹을 거야, 나중에 연극으로. 그러자 자기가 먼저 소설 쓰고 그걸 원작으로 2차 창작을 하면 된다나요. 어이가 없어서. 그래서 해인이에게 물어보기로 했어요. 그것 때문에 예쁜 편지지 사러 버스까지 탄 거예요.

뭐, 그런 얘기였어요. 시간이 벌써 다 됐네. 너무 횡설수설 얘기한 거 아닌가 모르겠는데 언니, 오빠들은 공부 잘하는 사람들이니까 알아서 잘 정리하도록 하시고요. 몇 년 있다가 선생님이 되어 혹시 저를 만난다면…… 그냥 모르는 척해 주세요. 어쭙잖게 친한 척하지 마시고요. 그러면 이제 진짜 끝낼게요. 수업 늦게 끝내 주는 선생님이 제일 싫잖아요. 이제 점심시간이죠? 식사 맛있게 하시고요. 저는 아줌마가 요 앞에서 훠궈 사 주신다고 하니까 그쪽으론 오지 마시고 다른 거 드세요. 그럼 진짜 안녕. 대학 공부, 파이팅하시고요!

저는 사범대학교를 졸업해 교사로 5년 반을 일했습니다. 담임 교사도 4년을 맡았고요. 교사를 그만두고 소설가로 전향한 것에 대한 후회는 없습니다. 다만 미안한 점이 있죠. 미쳐 버리지 않고 버텨 낸 게 참 용했던 청소년기를 좋은 선생님 몇 분을 만나 간신히 건넜기 때문에 은혜를 갚고자 교사가 되기로 했거든요. 그러나 도망쳤어요. 제 역량이 부족했기 때문이었을까요. 마침내 그 꿈을 이뤘을 때 저를 행복하지 않게, 괴롭게 만들어 버린, 희망과 현실의 괴리가 참 컸던 세월에 대한 슬픔은 철새처럼 찾아오고 사라지고를 반복합니다.

소설을 몇 편 발표했지만 '청소년 소설'이라는 이름을 달고 작품을 선보이는 것은 처음입니다. 아마 앞으로도 청소년 소설을 더 발표할 기회가 있을 텐데요, 사실 청소년 소설이든 일반 소설이든, 제가 바라는 건 그저 제가 불러낸 인물이 어딘가 진짜 살아 있는 게 아닐까, 하고 많은 사람이 의심했으면 좋겠다는 겁니다. '강의 대본'으로 대학생들 앞에 서서 실컷 하고픈 이야기 다 하던 이 친구가, 아마 이문시 한의구 어디쯤에 살면서 한의중학교에 다니고 있진 않을까요?

(물론 정재찬 같은 동료 교사 역시 저는 살면서 꽤 많이 보았지요. 꽤 많이……)

추신.

정말로 교단에 서 있으면 졸고 코 파고 몰폰 하는 모습이 다 보인답니다. 모르는 척, 못 본 척 참 많이 했습니다…….

또 추신.

소설가가 된 지금, 이전의 제자들이 "쌤, 저를 기억하실지 모르겠지만……"이라며 쭈뼛쭈뼛 DM을 보내 소식을 전하는 경우가 있습니다. 이 지면을 빌려 너무나 고맙다는, 그리고 제 기억력은 아직 제법 짱짱하다는 말을 전하고 싶네요.

정말 마지막으로.

어느 체험학습일, 저희 반 대절버스 기사님이 우연찮게도 저의 사촌 오빠였던 제 중학생 시절 경험을 녹여 썼답니다. 오빠, 안전 운전 고마웠소!

저세상 탐정

김혜진

김혜진

추리 소설을 좋아하고, 쓰고 있다. 명백히 밝혀진 비밀 뒷장에도 뭔가 있지 않을까 의심하며 한 번 더 들춰 본다. 지은 책으로 『완벽한 사과는 없다』『집으로 가는 23가지 방법』을 비롯한 청소년 소설과 판타지 동화 『아로와 완전한 세계』 시리즈, 『일주일의 학교』『일곱 모자 이야기』 등이 있다.

　"하필이면 중학생이라니, 안됐네요. 좀 더 연륜이 있을 때 왔으면 좋았을 것을."

　허 변호사가 중얼거리며 연필을 내려놓았다. 동작도 목소리도 작고 느렸다. 최소한의 에너지만으로 움직이는 것 같은 사람이었다.

　"솔직히 말씀드릴게요. 불리한 상황입니다. 그쪽에서 내놓은 증거도 확실하고요. 그렇다고 너무 불안해하진 마세요. 이 재판에서 진다고 해서 바로 형이 집행되는 건 아니에요. 잘못을 인정하기만 해도 고소인의 원한이 풀릴 수 있고요."

　아니, 잘못은 무슨 잘못? 인정을 왜 해? 억울한 건 난데!

　화를 내고 싶지만, 지금 나는 말하기는커녕 입도 못 벌린다. 눈바로 밑부터 턱까지 붕대가 둘둘 감겨 있기 때문이었다. 내 손짓을 보고 허 변호사가 고개를 저었다.

"지금 풀러 봤자 말도 못 해요, 상처만 드러나지. 판사들에게 인상을 남기려고 일부러 죽을 때 모습으로 나오는 경우도 있는데, 이번 담당 판사들은 그런 거 싫어하는 분들이라……. 그냥 있는 게 최선이에요."

죽을 때 모습.

그렇다, 나는 죽었다.

얼굴 말고도 온몸에 붕대가 감겼고 호흡기를 연결하느라 기관 절개한 목의 구멍은 그대로 열려 있다. 다만 하나도 아프지는 않았다.

교통사고였다. 나는 버스 맨 앞자리에 앉아 졸고 있었기 때문에 사고 순간은 모른다. 파도처럼 밀려왔다가 멀어지기를 반복하는 끈질긴 고통만은 뚜렷이 기억난다. 병원이구나, 의식한 순간이 몇 번 있었고 고통이 말끔하게 사라져 가뿐해졌을 때 나는 내가 죽었다는 걸 알았다.

나는 하얀 문 앞에 서 있었고 문을 열었더니 여기였다. 허 변호사와 조 사무장이 나를 맞아 주었다.

"에효, 49재 지나길 기다려 주지. 그러면 이 꼴로 안 다녀도 되는데. 여기, 이걸로 하고 싶은 말 쓰세요."

조 사무장이 안타까움을 듬뿍 담아 말하며 내 앞에 태블릿을 하나 놓아 주었다. 받자마자, 두다다 자판을 쳤다.

—저는 아무 짓도 안 했다고요!

발버둥이라도 치고 싶은데 붕대가 하도 단단히 감겨 있어서 무릎을 구부릴 수가 없다.

나는 진짜, 별일 없이 살았다. 뭐, 잘못이야 했겠고 누군가 나 때문에 속상한 적은 있었겠지만 지금 내게 씌워진 죄목은 그 수준이 아니었다.

바로 살인. 내가 사람을 죽였다고? 말이 돼, 그게?

"고소인 쪽에서 살인이라고 주장하는 거죠. 우리는 과실치사로 밀 거예요. 우리 허 변호사님 전문 분야죠."

조 사무장이 자랑스럽다는 듯 말했다.

—아니요, 과실치사든 뭐든, 저는 그런 거 안 했다고요! 제가 한 게 아니잖아요, 사실!

내가 억울해 미치겠는 부분이 바로 여기다.

지금 죽어서 여기 저세상에 온 나, 15세 김이소가 그런 짓을 했다는 게 아니다. 이번 생 말고 그 전생의 내가 했다는 거다. 날 고소한 사람은 그때의 나 때문에 죽은 뒤, 내가 죽어서 여기 오기만을 기다렸다고 했다. 자그마치 40년 동안!

"그 사람은 당신을 기다리느라 환생도 못 했어요. 원한이 깊으면 다시 태어나지 못하거든요."

허 변호사가 책상 앞에 앉아 서류를 뒤적이며 말했다. 아까부터 느낀 건데 내 변호사인데도 별로 내 편을 드는 것 같지 않았다.

—잠깐, 그럼 전생의 내가 죽었을 때 재판했으면 되잖아요. 왜

한 번 더 살고 올 때까지 기다렸대요?

"그쪽도 그러고 싶었을 건데요, 이소 씨께서 지난번에는 여기 들어오지 않고 곧장 환생하셨더라고요. 문도 안 열고 그대로 유턴. 사실상 꼼수를 쓰신 거죠. 머리 좋으셨어요, 문 열고 들어왔으면 바로 재판 들어가서 환생 못 하셨을 텐데."

조 사무장이 해맑은 표정으로 방긋 웃었다.

문? 아, 그 하얗고 무거운, 저세상으로 들어오는 문.

"고소인은 이소 씨께서 자기를 피하려고 빨리 환생한 거라고 주장하고 있어요."

—기억 안 나요! 그게 제 전생이 맞기는 해요? 뭐, 착오가 있었을 가능성은 없나요?

"저세상 일이 그렇게 주먹구구식은 아니라서요······. 뒤바뀔 일은 거의 없다고 봐야죠. 어디, 이소 씨 전생들 좀 보여 드릴까요?"

—'들'이요?

"일단 아홉 개까지 가능해요. 그 이상은 따로 허가받아야 하고요."

내가 아홉 번이나, 아니 그보다 더 많이 태어나 살았다니. 못 믿겠는 걸 넘어서 이젠 헛웃음이 나왔다. 입이 붕대로 막혀 있지만 않았어도 웃음을 터뜨렸을 거다.

조 사무장은 태블릿으로 내 전생들의 영상을 재생시켰다. 예상과 좀 달랐다. 일상 브이로그 같달까? 전생의 내가 직접 찍은 것 같은 느낌의 영상들이었다. 당사자의 시선이 담기는 거라고, 조 사무장이 설명해 주었다. 중요한 사건들이 빠르게 지나갔고, 마지막에는 몇 살에 어떻게 죽었는지가 자막으로 떴다.

다 보고 나니 멍했다. 이게 다 나라니, 내 삶들이라니.

아홉 번의 삶에서 내가 서른 살을 넘긴 것은 세 번뿐이었고 일흔을 넘게 산 건 한 번뿐이었다. 세 번은 다섯 살도 되기 전에 죽었으니 아무리 평균수명이 짧고 유아사망률이 높았던 시기라 해도 너무하다.

"이소 씨가 더 박복하고 그런 건 아니고요, 다들 비슷해요. 오래 산다고 잘 사는 것도 아니고, 하나의 생 안에서도 좋고 나쁜 기복은 있으니까요. 아쉬운 게 있으니 다시 살아 보자 싶어지죠. 이번에 별로였으니 다음에는 낫겠지, 그런 마음으로 환생을 결심하는 거예요."

조 사무장이 말했다.

—환생 안 할 수도 있는 거예요?

"네. 근데 보통 환생을 택하더라고요. 본인도 여기 문 앞에서 바로 유턴하셨잖아요."

—기억 안 난다니까요…….

영상들을 보고 나니 하나는 확실해졌다. 내가 기억을 하든 말든, 억울하다고 하든 말든 전생 자체를 부정할 수는 없다는 것. 그러니 이 재판을 거부할 수는 없다는 것.

작은 수첩을 들여다보던 허 변호사가 자리에서 일어났다.

"재판 시간이 정해졌어요. 갑시다."

ㅡ지금요? 벌써요?

"상대 쪽에게는 벌써가 아니죠. 여기서 40년 동안 벼르고 벼른 사람인데,"

죽자마자, 숨 돌릴 틈도 없이 재판이라니! 잠깐, 나는 죽은 건데 숨을 쉬나? 지금 숨을 쉬고 있는 건가, 아닌 건가…….

"자, 자. 정신 줄 챙기시고요, 이제 실전입니다!"

조 사무장이 경쾌하게 외쳤다.

법정까지는 모노레일을 탔다. 창 밖으로는 비행기에서나 볼 수 있는 구름바다가 펼쳐졌다. 사후 세계다운 풍경이었다. 멀리서 구름 위로 번개가 내리꽂히는 게 적나라하게 보였다. 내 앞날을 말해 주는 신호 같은 건 아니겠지.

ㅡ왜 재판까지 하죠? 여긴 사후 세계잖아요. 감춰진 게 있을 수가 있어요?

태블릿에 토닥토닥 질문을 써서 서류를 들여다보는 허 변호사 앞에 내밀었다.

"거짓을 꾸밀 순 없어요. 감추려고 한다고 감춰지지도 않고. 하지만 본다고 다 보이는 것도 아니라서……. 아까 전생 보셨죠? 그런 식으로, '시선'을 통해서만 볼 수 있어서요."

전생의 영상에는 삶의 주인이 본 것들만이 기록된다. 그렇다면 누구도 보지 못한 것은 기록되지 않을 테니 진실을 다툴 여지가 있다. 게다가 '시선'을 담은 영상에 감정은 담기지 않는다고 했다. 실수인지 의도가 있었는지 알 수 없다는 것이다.

"자기도 모르는 채 저지르는 일들이 있지요. 무심코 던진 돌에 개구리가 죽는 것처럼요."

─그럼…… 제가 진짜 죽게 한 거면 어떻게 해요? 나도 모르게? 증거도 확실하다면서요.

덜컥 겁이 났다.

─이건 뭐, 처음부터 질 마음으로 가는 거 같잖아요…….

"아니죠. 진실을 밝히러 가는 겁니다."

허 변호사가 나를 똑바로 바라보았다. 기운 없는 태도와 달리 눈빛은 맑고 또렷했다.

"이런 재판의 목적은 원한을 푸는 데 있어요. 그 원한의 방향이 언제나 정확한 것은 아닙니다. 재판 때문에 또 다른 원한이 생기면 안 되지요. 그렇게 두지 않을 겁니다."

"어? 도착했어요. 오늘은 좀 가까웠네. 징조가 좋아요!"

조 사무장이 밝게 말했다.

구름바다를 언제 넘어왔는지 모노레일이 부드럽게 멈췄다. 한적하고 아늑한, 공원 같은 장소였다. 푸릇한 잔디 사이사이 노란 민들레와 하얀 제비꽃이 피어 있고 넓적한 흰 돌을 깔아 만든 길이 있었다. 길 끝에 법원이 있었다.

지붕은 하늘색, 벽은 아이보리색인 2층 건물이었다. 건물 입구를 감싸듯 가지를 뻗은 나무에는 꽃망울이 촘촘히 달렸고, 그 아래 과일주스와 추로스를 파는 푸드 트럭이 한 대 세워져 있었다. 평화롭고 아늑한 풍경이었다. 이런 데서 진행되는 재판이라면 그렇게 막 살벌할 것 같진 않았다. 나는 실낱같은 희망을 품고, 허 변호사의 뒤를 따라 계단을 올랐다.

법정에 들어서자마자 그 희망은 산산조각 났다. 상대방, 그러니까 나를 고소한 그 사람이 이미 법정에 와 있었던 것이다.

"아, 왜 저래."

조 사무장이 인상을 팍 썼다. 나도 차마 못 보겠어서 고개를 돌렸다.

시퍼렇다 못해 검은 얼굴에 턱까지 축 늘어진 보랏빛 혀. 호흡 곤란으로 사망했다고 했지, 분명. 하필이면 마주 보는 자리였다.

— 계속 저러고 있었대요?

태블릿의 자판을 두드렸다. 허 변호사가 끄덕였다.

와, 독하다. 원한이 얼마나 깊었으면 40년을 저러고 있었을까.

고소인 박재표 씨는 내가 그때의 나라도 되는 것처럼 노려보고 있었다. 박재표 씨가 죽음에 이르렀을 때 전생의 나는 열넷. 하필이면 지금 나와 비슷한 나이였다.

그때의 내가 어떤 아이였는지는 모르겠다. 변호사 사무실에서 훑어본 바로는 야구를 좋아했고, 오래 살진 못했다. 마흔에 당뇨로 인한 합병증으로 사망. 집안 내력이었다.

댕— 종소리가 맑게 울리더니 판사들이 등장했다. 판사가…… 고양이? 삼색이, 치즈, 고등어, 세 마리 고양이가 느긋하게 걸어 들어와 높은 판사석 위에 자리를 잡았다.

그 누구도 놀라지 않는 것 같았다. 실은 나도 안 놀랐다. 고양이 판사의 등장은 이 공간과 완벽하게 잘 어울렸다. 방청석에도 인간처럼 보이는 것과 인간처럼 보이지 않는 이들이 자리를 반쯤 채우고 있었다.

건너편 자리에서 한 사람이 일어났다. 박재표 씨의 변호사였다.

"고소인 박재표 씨는 40년 동안 오늘만을 기다려 오셨습니다."

푸르뎅뎅 부은 얼굴의 박재표 씨가 반쯤 일어났다가 덜컹 주저앉았다. 사후경직으로 몸이 굳어 마네킹이 삐걱거리며 움직이는 것 같았다.

"증거 영상 보시겠습니다."

법정 앞쪽 대형 화면에 박재표 씨의 '시선'이 떴다. 감상적인 배경음악에 변호사의 설명이 내레이션처럼 들어가자 무슨 인간극장을 보는 듯한 분위기가 났다.

"서른두 살 박재표 씨. 직업은 우체국 직원. 독신으로, 우체국 바로 앞집에 세 들어 살고 있었습니다. 쉬는 날이면 시내의 화실에

나가 그림을 그리는 것이 삶의 낙인, 성실하고도 유쾌한 젊은이였습니다. 다만 그에게는 삶의 자유를 제한하는 요소가 있었으니, 바로 오랜 지병이 있었다는 것입니다."

오렌지병? 농담이 떠올라 피식 웃었는데, 그걸 어떻게 눈치챘는지 박재표 씨가 내 쪽으로 고개를 확 돌렸다. 죄송합니다…….

"갑각류 알레르기. 아나필락시스 쇼크로 사망에 이를 수 있는 무서운 병이죠. 박재표 씨는 자신의 상태를 잘 알고 있었고, 실수로라도 갑각류를 취식하지 않도록 주의를 기울여 왔습니다."

화면에는 식탁 위의 꽃게 찌개를 보고 밥그릇과 수저를 멀찍이 끌어다 놓는 장면이 나왔다.

"또한 약을 가까이 두었죠. 지금에야 에피네프린 근육주사가 있지만 당시에는 항히스타민 계열의 복용약이 전부였습니다. 그래도 급한 불을 끌 수 있을 정도의 효력은 충분히 있었지요."

이번엔 봉지에서 약을 꺼내 먹는 장면.

"약은 손 닿는 곳곳에 두었습니다. 평소에 입는 옷 주머니와 2층자기 방은 물론, 공용 공간인 1층 식당에도 약을 두었죠. 뭔가를 잘못 먹었을 때 바로 꺼낼 수 있도록 말입니다. 1층 식당에 둔 약은 이런 상자에 담겨 있었습니다."

갈색 종이 상자였다. 겉만 봐서는 약이 들어 있을 것 같지가 않았다.

"이 종이 상자를 주목해 주십시오. 약 상자는 1층 식당의 찬장

안에 들어 있었습니다.”

박재표 씨가 종이 상자를 찬장에 넣는 장면이 나왔다. 찬장에는 그릇 말고 잡동사니가 가득 쌓여 있었다. 크고 작은 상자들, 대나무를 엮어 만든 함과 먼지 묻은 액자와 나비 표본. 복잡하면서도 정감이 가는 공간이었다.

“그럼 그날로 돌아가 보겠습니다. 오후 3시 반, 직장 동료 한 사람이 생일 턱을 내기 위해 집에서 조리해 온 음식을 간식으로 내놓았습니다. 음식을 섭취하고 약 30분 뒤, 박재표 씨는 뭔가 잘못되었다는 것을 직감했습니다. 게살을 으깨어 만든 완자를 먹었던 것이지요. 박재표 씨는 사무실 벽에 걸어 두었던 외투에서 비상약을 찾았지만, 주머니에 있어야 할 약이 없었습니다. 하필이면 그날, 집에 약을 두고 왔던 것입니다. 다행히 직장이 바로 집 앞이었죠. 박재표 씨는 집으로 달려갔습니다. 약만 먹으면 아무 문제 없이 지나갈 일이었죠. 그런데 늘 약상자를 두는 그 자리에, 상자가 사라지고 없었던 겁니다!”

배경음악이 긴장감 넘치는 곡조로 바뀌었다. 대문을 박차고 현관으로, 거실을 가로 질러 찬장으로. 뛰어가는 시야를 따라 보려니 내가 다 어지러웠다.

마침내 찬장 유리문을 부수듯 잡아당겨 열었지만, 종이 상자는 없었다.

“박재표 씨는 어이없게도 집 거실에서 그대로 정신을 잃었습니다. 기관지가 좁아져 숨을 쉴 수 없었던 것이지요. 119가 도착했을 때는 이미 늦었습니다. 박재표 씨는 뇌사 상태로 10여 일간 중환자실에 있다가 이곳 저세상으로 돌아오고 말았습니다…….”

근데 저 어디에 내가 관여했다는 거지? 살짝 안심했다. 내가 뭐, 칼이라도 들고 휘두른 줄 알았네.

안심하긴 일렀다.

“그 상자를 탈취하여 박재표 씨를 죽음으로 몰고 간 것이 바로, 여기 피고인입니다!”

변호사는 내 쪽으로 손가락을 뻗었다. 검푸른 얼굴도 함께 이쪽을 향했다.

증거 있냐는 내 소리 없는 외침이 무색하게, ‘증거 영상’이 나왔다. 이번엔 ‘나’의 시선이었다.

“피고 김지현은 박재표 씨가 세 들어 살던 집의 첫째였습니다. 평소 둘의 관계는 좋지 못했습니다. 김지현은 성적이 최하위권이었고 김지현의 부모님이 박재표 씨에게 자주 상담을 청했습니다. 박재표 씨는 클럽 활동을 줄이고 학업에 열중하라는 충고의 말을 건넸고, 그 때문에 김지현의 앙심을 산 것으로 보입니다. 김지현은 박재표 씨의 신발에 개구리를 넣거나 도시락을 바꿔치기하는 등의 행위로 앙갚음을 했는데요.”

내가 그랬을 리가! 그러나 허 변호사의 말대로 영상은 거짓말 하지 않았다. 저런 유치한 짓을 하다니, 차마 얼굴을 못 들겠다.

얼굴이 붕대로 가려진 게 차라리 다행이었다.

"사건이 벌어지기 전날, 둘 사이를 완전히 갈라놓을 만한 일이 터집니다. 부모님 몰래 클럽 활동인 야구를 하는 모습을 박재표 씨에게 들킨 것입니다. 김지현은 부모님에게 말하지 말아 달라고 부탁했지만 박재표 씨는 거절했습니다.

그리고 바로 그다음 날, 학교에서 돌아온 김지현은 약상자를 들고 2층 자기 방으로 올라가 버립니다. 박재표 씨가 약을 찾아 집으로 뛰어 들어온 것은 3분도 채 지나지 않아서였습니다. 악랄한 계획은 결국 성공하고 말았습니다. 박재표 씨는 원통한 심정을 안고 이곳으로 왔으며, 한시도 그 원한을 잊지 못하고……."

장황한 마무리는 들리지도 않았다. 내가, 그 나는 지금의 나는 아니지만, 아니 같은 나라고 하긴 하는데, 약상자를 치웠다니……. 충격을 받아 머리가 멍했다.

허 변호사가 자리에서 일어나며 내 어깨를 살짝 건드렸다. 나는 퍼뜩 정신을 차렸다. 허 변호사가 날 변호할 차례였다.

"상자를 가져간 것은 부인하지 않겠습니다. 하지만 쓰러진 박재표 씨를 발견해서 119에 신고를 한 사람이 피고인이라는 것 또한 명백한 사실입니다."

증거 영상. 2층에 올라가 가방을 벗어 던지고 바닥에 드러누웠다가, 밑에서 들리는 쾅! 소리에 벌떡 일어나 1층으로 돌진. 쓰러진 박재표 씨의 몸을 젖힌 후에 몇 초 멈췄다가, 바로 전화기 쪽으로 달려간다.

"저기, 멈춘 건 왭니까!"

박재표 씨의 변호사기 끼어들었다.

"피고인은 열네 살이었습니다. 만으로 열셋이죠. 당연히 놀랐을 겁니다. 머릿속이 새하얘져서 뭘 해야 할지 몰랐겠죠."

영상 증거에 감정이 담기지 않는다는 건 확실한 단점이었다. 저 행동에 깃든 것이 당황과 걱정인지, 사악한 만족인지 알 수가 없는 것이다.

"피고인은 박재표 씨에게 그런 지병이 있는지 몰랐습니다. 약의 존재도 몰랐고……."

"이의 있습니다!"

박재표 씨의 변호사가 의기양양하게 소리쳤다.

영상이 바뀌었다. 식탁을 앞에 두고 둘러앉은 어른들과 아이들. 내 시선이었다. 저 사람들이 전생에 내 가족이었구나……. 애틋한 기분을 느낄 틈도 없이 시선이 반찬과 밥에 꽂혔다. 뭐, 고개를 들지를 않네.

증거는 그 자리에서 오간 어른들의 대화였다.

'박 선생은 해산물을 못 먹는대요. 아, 생선은 괜찮은데 게나 새우 같은 걸 못 먹는다네요? 그거 먹으면 목이 콱 막혀서 죽을 수도 있대. 그래서 비상약을 가지고 다닌대요.'

'어디냐, 그 명지네 큰외삼촌도 그래서 돌아가셨잖아. 그치는

뭘 못 먹었다더라, 메밀이던가?'

'어휴, 먹을 거 제대로 못 먹고 그러니 사람이 그렇게 겁 많고 까칠하고……'

뚝. 영상이 끊겼다.

"와, 저거 어떻게 찾았지. 피고인 인생까지 다 봤나 봐. 미쳤다, 진짜."

조 사무장이 중얼거렸다. 허 변호사는 별로 타격을 받은 것 같지 않았다. 여유로운 태도로 반박을 했다.

"물론, 저 자리에 피고가 있었던 것은 사실입니다. 하지만 귀에 들어왔다고 정말 들은 겁니까? 방금 그 영상에서도 보세요, 시선이 계란으로만 가 있죠? 박 선생이고 뭐고 먹는 생각밖에 없었던 겁니다."

아니, 지금 이분이 막말을 하시네?

"게다가 피고는, 한 번 듣고 기억을 한 역사가 없습니다! 성적표를 증거로 제출합니다!"

고양이 셋 중에 치즈가 풀쩍 책상 위로 뛰어올라 길게 스트레칭을 했다. 뒤따라 법정 서기가 휴정을 선포했다. 법정을 채운 긴장감이 사르르 녹고, 방청석에서 가벼운 소음이 들려왔다. 다들 도시락이며 간식 같은 걸 꺼내 먹기 시작했다.

조 사무장도 빨강 줄무늬 도시락 가방을 꺼냈다가, 내 눈치를 보곤 다시 책상 아래로 내려놓았다.

—저는 괜찮아요. 드세요.

나는 배고프지도 목마르지도 않았다. 다만 속이 갑갑했다. 시원한 거 한 모금 마시면 소원이 없겠다.

방청석 맨 앞에 앉은 어린애가 형광 연둣빛 음료수를 병째 들고 꿀꺽꿀꺽 마시는 걸 보다가, 입맛을 다시며 시선을 돌렸다.

대형 화면의 영상은 내가 종이 상자를 바라보고 손을 뻗는 장면에서 멈춰 있었다. 하필이면 저거냐. 압박하려는 의도겠지.

그런데 내가 정말 저 상자에 뭐가 들었는지 알았을까? 영상에는 감정과 생각만 없는 게 아니라 지식도 없다. 시선의 주인이 뭘 얼마나 아는지 알 수 없다.

만일 약인 줄 몰랐다면 나는 저 안에 뭐가 들어 있다고 생각해서 가져간 걸까? 혹시…….

—제 영상 좀 볼 수 있어요? 그날부터 일주일 정도 거슬러서요, 학교 끝나고 집에 와서까지만요.

조 사무장이 내 앞에 놓인 태블릿으로 영상을 재생했다. 나는 영상을 빠르게 훑어보면서 짐작을 증명해 줄 증거를 찾았다. 그때 나의 '생각'이 어땠을지를.

아하, 찾았다!

—내가 직접 얘기해도 돼요? 다시 재판 시작하면요.

내 제안에 조 사무장은 어이없어했다.

"아니, 전문가한테 맡겨요. 지금 말도 못 하면서. 뭐, 쓸 수야 있지만……."

"해 봐요."

허 변호사가 끼어들었다.

재판이 재개되고, 허 변호사가 고양이 판사들의 양해를 구했다. 고양이들은 가볍게 꼬리를 살랑거렸다. 나는 마음을 굳게 먹고 자판을 두드렸다. 대형 화면에 내 말이 떴다.

─ 제가 방금까지 중학교에 다니다 와서 아는데요, 오후 4시면 상당히 배가 고플 때거든요?

방금 영상을 보며 파악했다. 전생의 '나'는 보통 집으로 돌아오는 길에 분식집이나 가게에 들러 뭔가를 먹었다. 그런데 그날은 야구를 하느라 4시가 되도록 아무것도 먹지 않았다. 아마 야구 했다는 걸 들키지 않기 위해 곧바로 집으로 왔던 것 같다. 그러니 집에 오자마자 가장 먼저 할 행동이 뭐였겠는가.

─ 먹을 걸 찾는 거죠! 그때의 저는 저 상자에 먹을 게 든 줄 알았을 거예요. 그 전주에 선물로 들어온 약과 같은 거요. 아! 아니면 박재표 씨가 간식을 숨겨 놓았다고 착각했을 수도 있어요. 약 올릴 겸 먹어 치울 셈이었겠죠.

하지만 사건이 일어났고, 사방이 시끄러워졌고, '나'는 결국 상자를 열어 보지도 않고 돌려 놓았던 것이다.

"이의 있습니다!"

박재표 씨의 변호사가 자리를 박차고 일어났다.

"약상자 바로 옆에, 쿠키 상자가 있습니다. 영상을 돌려 보세요! 정말 배가 고팠다면 당연히 쿠키 상자를 골랐겠지요. 왜 저 상자를 고릅니까! 피고는 지금 거짓말을 하고 있습니다!"

내가 상자를 가져갔던 순간이 화면에 떴다. 그쪽 변호사가 빨간 레이저 포인트로 한 지점을 가리켰다. 먹음직스러운 쿠키가 보란 듯 그려진 노란 바탕의 네모난 금속 케이스. 쿠키 상자였다.

조 사무장이 한숨을 쉬며 의자에 등을 기댔다. 아니, 이 사람이? 아직 포기하면 안 되지!

─아니죠! 쿠키 상자에 보통 뭐가 들어 있나요!!!

목소리를 크게 할 수 없으니까 느낌표를 마구 쳤다.

"……쿠키가 들어 있겠죠."

의심스러운 어조로 박재표 씨의 변호사가 말했다.

─실하고 바늘이 들어 있죠!

아하……. 법정에 동의하는 속삭임이 퍼져 나갔다. 고양이 판사들은 혀로 입술을 핥았다.

다들 그렇지 않나? 쿠키 다 먹었다고 금속 케이스를 버리냐고. 아깝지, 뭐라도 넣어 두지. 실제로 직전의 삶에서도, 아빠는 파리 바게트 크리스마스 쿠키 상자를 반짇고리로 썼다. 너무 작아서 잘 닫히지도 않던 상자. 조금 더 큰 상자로 사 오지. 그러면 실, 바늘 다 들어가도 넉넉하게 닫혔을 텐데……. 아빠를 생각하자 갑자기 눈에 눈물이 차올랐다.

"진정해요."

허 변호사가 중얼거렸다.

조 사무장이 재빨리 증거 영상을 찾아 화면에 띄웠다. 전생의 내 할머니가 쿠키 상자에서 실과 바늘을 꺼내는 장면이었다.

─그리고 아까 증거로 나온 대화를 다시 돌이켜 보십시오. 제가 그 대화를 듣고 기억했다 한들, '박 선생이 비상약을 가지고 다닌 다'는 게 제가 알았을 정보입니다. 비상약을 당연히 가지고 있을 거라고 생각했겠지, 집에 와서 약상자를 찾을 거라고 생각이나 했 겠습니까?

고양이들이 빠르게 꼬리를 살랑거렸다.

여기까지는 나에 대한 변호. 그리고 이제 한 발짝 더 나아갈 생 각이었다.

─여기서 중요한 건 그 상자가 아닙니다. 늘 주머니에 넣어 두 었던 약이 왜 없었는지부터 살펴봐야지요! 아까 영상을 보니까 매일 갈색 외투를 입으시더라고요? 왼쪽 주머니에 비상약이 든 헝겊 주머니를 넣고요. 그날도 똑같은 옷을 입었는데, 왜 주머니 에 약이 없었던 거죠?

"아침에 분명 확인했을 텐데……."

박재표 씨의 변호사가 황급히 영상을 돌렸다. 박재표 씨가 출 근 전에 외투를 입고 거울에 비춰 보는 모습이었다. 양쪽 옷 주머니에 손을 넣었다 빼는 모습이 나왔다.

—만일 약이 없었으면 저 때 알았겠지요. 그러니 집 밖으로 나갈 때까지는 있었던 겁니다. 보세요, 양손에 서류 가방과 짐을 들었어요. 길에서는 외투에 손을 안 넣었단 얘깁니다.

영상이 빠르게 흘러갔다. 박재표 씨는 집 바로 앞 우체국으로 가서 가방을 자기 자리에 놓고, 외투를 옷걸이에 단정하게 건 뒤 벽에 박힌 못에 걸었다. 그 과정에서 왼쪽 주머니는 아예 만지지도 않았다.

"맞아요, 그 뒤로는 외투를 건드리지 않았습니다. 보통 점심 먹고 나서 뒷마당에서 담배를 피우는 게 일과라서, 그때 외투에서 담배를 꺼낼 때나 만집니다. 그날은 너무 일이 많아서 점심도 걸렀고 담배도 못 피웠어요."

박재표 씨의 변호사가 내게 말했다. 나를 대하는 태도가 좀 달라졌다. 공격할 대상이 아니라 동료를 대하듯 협조적이었다. 이게 또 이 세상 법정과 다른 점이었다. 저세상 법정에서 중요한 건 승패를 가리는 게 아니라 진실을 찾아내서 원한을 푸는 거니까.

—그렇다면 출근한 8시 30분부터 오후 4시 사이에 약이 사라진 겁니다. 누가 훔쳐 간 걸 수도 있습니다. 그 장소에 있던 사람들은 확인해 보셨습니까?

"휴정을 요청합니다."

박재표 씨 쪽 좌석이 분주해졌다. 영상을 돌려 보는 모양이었다. 조 사무장은 거기까지 가서 기웃거리더니 곧 뛰어왔다.

"박재표 씨 꺼 말고 그때 같이 일하던 우체국 사람들 찾아서 영상을 확인하고 있는데요, 시간이 좀 걸릴 거 같아요. 아직 두 사람은 살아 있어서 못 보고요."

─살아 있는 사람 영상은 못 봐요?

"그게 규칙입니다."

허 변호사가 대답했다. 상황이 이만큼 바뀌었는데도 딱히 기뻐하거나 감동한 것 같지 않았다. 진짜 에너지 레벨이 평균적이시네.

고양이들이 판사석 위에서 정성껏 그루밍하는 걸 멍하니 보았다. 목으로 튀어나올 것처럼 세차게 뛰던 심장이 차차 원래대로 돌아왔다. 잠깐, 죽었는데도 심장 뛰는 느낌은 있네.

"근데 어떻게 그런 거 다 알았어요? 말도 엄청 잘하시던데요!"

조 사무장이 내 쪽으로 몸을 기울이고 물었다. 너무 나댔나 싶어 민망했다.

─아니, 뭐 추리 소설이나 만화를 좋아하긴 했는데요.

갑자기 박재표 씨네 쪽에서 탄성과 신음 소리가 터져 나왔다. 그쪽 변호사가 벌떡 일어나 당혹스러워하는 목소리로 말했다.

"재판장님, 이거 아무래도 피고인을 바꿔야 할 거 같습니다……."

대형 화면에 영상이 떴다.

바쁘게 서류를 읽으며 연필로 뭘 표시하고 있는 사람의 시선이었다. 박재표 씨는 아니었다. 시선이 가끔 책상 옆으로 움직일 때

옆자리의 박재표 씨가 보였다.

시선의 주인이 표시를 마친 서류 뭉치를 집어 탁탁 가지런히 맞추었다. 그러느라 고개를 들었고, 서류 너머로 사무실이 보였다.

영상이 느려졌다. 순간적으로 포착한 장면인 듯했다.

시야의 왼쪽 끝에 외투가 나란히 걸려 있는 게 보였다. 자리가 부족했는지 서로 겹쳐져 있었다. 박재표 씨의 갈색 외투 위로도 검은 옷들이 걸려, 한쪽 갈색 소매만 보였다.

한 사람이 외투 쪽으로 걸어갔다. 다른 옷을 만지작거리는가 싶더니, 갈색 외투 쪽으로 손이 쑥 들어갔다. 갈색 외투가 검은 옷들 사이에서 살짝 끌려 나왔다. 그 사람의 손은 외투 주머니 안에 들어가 있었고, 곧 뭔가를 쥐고 빼냈다.

"저 사람이 훔쳤네!"

조 사무장이 외쳤다.

박재표 씨가 허물어지듯 주저앉았다. 부은 혀 안쪽에서 신음 소리가 흘러나왔다.

"아니야, 그럴 리가, 없어. 아니야……."

"새로운 용의자로군요. 아직 살아 있고요. 여기 저세상으로 용의자가 돌아올 때까지 기다렸다가 다시 재판을 진행하시지요."

허 변호사의 말에 판사들이 야용거렸다.

"저 사람이, 그럴 리가, 없어요! 저랑 제일, 친했던, 사람인데요, 뭔가 잘못됐어! 저는 저놈, 때문에, 죽은 거예요, 날, 미워하던, 저놈!"

검푸른 얼굴이 나를 향해 팔을 허우적댔다. 나는 흠칫 뒤로 물러섰다.

"겁먹지 마세요, 아무 짓도 못 할 거니까."

조 사무장이 말했다.

겁을 먹은 게 아니라……

화면에선 새로운 영상이 나왔다. 박재표 씨의 시점에서 새로운 용의자를 보는 것들이었다. 그 시선 속에서 그 사람은 끊임없이 웃고 있었다. 웃고, 말하고, 다시 웃었다. 아까 그 사람은 주머니에서 약을 빼돌릴 때도 미소 짓고 있었다. 그게 정말로, '친구'를 곤경에 빠뜨리고 싶어 하는 살인자의 미소였을까? 그 웃음이나 지금 이 웃음이나 다를 게 없어 보이는데.

마음이 안 좋았다. 차라리 내가 용의자인 게 나왔을까. 저렇게 고통에 빠진 사람에게 남은, 그나마 좋았던 기억이 산산조각 나 버렸다.

"에효, 이러니까 재판 안 하는 게 낫다니까요. 냉혹한 진실을 알게 되느니."

조 사무장이 손수건으로 눈물을 훔쳤다. 그런데 뭔가 내 신경을 건드렸다.

―잠깐만, 조용히 해 봐요.

나는 손을 휘저었다. 대형 화면의 영상 속 새 용의자가 하는 말이 예사롭지 않았다.

'담배 좀 그만 끊어! 담배 때문에 죽겠다, 알레르기 때문이 아니라!'

담배?

— 영상, 영상 좀 보여 주세요! 그날 아침, 박재표 씨 출근할 때요. 네, 외투 벗어 걸을 때요! 그 전날은요? 그 전날도요!

허 변호사가 재빠르게 내 말을 실행에 옮겼다. 내 태블릿 위로 박재표 씨의 영상이 떴다.

그사이 고양이 판사는 재판이 끝났다고 선언했고, 박재표 씨의 변호사가 내게 와서 사과의 말을 웅얼거렸다.

"에, 미안하게 됐습니다. 의심쩍게 행동하신 거 인정은 하시죠? 저희 의뢰인께서 너무 마음에 상처를 입으셔서 직접 사과는 못 하시고……."

그 뒤로 바닥에 주저앉아 어깨를 떠는 박재표 씨가 보였다.

"에이구, 원한이 풀리기는커녕 더 깊어지셨네."

조 사무장이 혀를 찼다. 사람들은 박재표 씨를 어르고 달래 일으켜 법정을 빠져나가려 했다.

나는 태블릿을 쥔 채 그쪽으로 달려갔다. 태블릿에다 빠르게 글을 썼다.

— 잠깐만요! 이 용의자…… 아니, 친구분이요, 선생님이 담배 피우는 거 싫어하셨죠?

박재표 씨의 변호사가 인상을 팍 썼다.

"갑자기 뭔 소립니까. 담배 피우는 게 싫어서 약을 빼돌렸다는 겁니까?"

—아니, 이 친구분이 담배 끊으라고 했잖아요, 건강 생각하라고!

푸른 얼굴이 천천히 고개를 끄덕였다.

—담배쌈지랑 약주머니랑 비슷하게 생기지 않았나요, 맞죠?

내 질문에 짓무른 눈가가 바르르 떨렸다.

"지금 그 두 개를 헷갈렸다 이거예요……?"

날 뒤쫓아 온 조 사무장이 머뭇머뭇 물었다.

—영상 봐요! 보통은 옷을 앞면이 위로 오도록 걸어 두시더라고요? 근데 그날은 옷을 거꾸로 걸었어요, 등판이 위로 오게! 그럼 주머니 왼쪽 오른쪽이 바뀌게 되잖아요. 여러 옷이 겹쳐져 있어 앞인지 뒤인지 안 보였고, 친구분은 왼쪽 주머니를 오른쪽 주머니로 착각했을 거예요.

"오른쪽에는 담배쌈지, 왼쪽에는 약주머니."

허 변호사가 중얼거렸다.

—친구분은 담배인 줄 알고 약이 든 헝겊 주머니를 가져간 거죠, 담배 좀 그만 피우라고! 평소에 그 전에 둘이 얘기하는 영상 찾아보면 담배 얘기 많이 나올 거예요, 분명!

영상을 볼 필요는 없었다. 푸른 얼굴이 떨리는 목소리로 말했다.

"맞아요……. 그 전에도, 제 담배 가져갔던 적 있어요, 좀 끊으라고…….”

그는 왈칵 울음을 터뜨렸다.

우리는 모두 함께 법정을 빠져나왔다. 법원 앞 나무에는 그새 하얗고 탐스러운 꽃이 반쯤 피어나 있었다. 목련이었다.

—근데요, 저기, 저 선생님 안 미워했어요.

헤어지기 전에 용기를 냈다. 내가 태블릿에 쓴 글을 읽은 푸른 얼굴이 나를 정면으로 바라보았다. 오싹했지만 꾹 참고 마주 봤다.

—장난친 건 맞는데……. 싫어서, 미워서 그런 거 아니고요, 편해서…… 친구 같고 그래서 그랬어요. 그렇게 속상하신 줄 몰랐어요. 죄송해요.

꾸벅 고개를 숙였다. 그 순간엔 내가 진짜 개가 된 것 같았다. 아, 걔가 내가 맞긴 한데.

짓무른 눈에서 다시 한번 굵은 눈물이 주르륵 흘러내렸다.

시간이 흘러도 풀리지 않는 마음. 살피고 풀고, 그림자 속을 들여다봐야 알게 되는 진실. 죽음 후에야 돌이켜 보는 생. 천국이 될지 지옥이 될지는 그에 달렸을까.

“와, 전생이 기억났나 봐요. 아예 기억에 없던 일이 생각나는 건 드문데.”

조 사무장이 감탄했다. 나는 박재표 씨와 그 일행이 충분히 멀어진 것을 확인하고 대답했다.

—아니요. 기억 안 났는데요.

"방금 기억나는 것처럼 말했잖아요! 연기했네, 연기!"

— 필요하면 그럴 수도 있죠.

그리고 솔직히 아주 다 연기나 거짓은 아니었다. 아득히 먼 곳에서 되돌아오는 메아리 같은 느낌이 있었다.

— 나는 기억 못 해도 상대가 기억하고 있으니까요. 책임까지는 아니지만 반응해 줄 순 있잖아요.

기나긴 생의 흐름 속에서 나도 그런 날이 있지 않았을까. 끊어진 기억이 이어지길 간절히 바라던 때가.

— 영상에 감정이 없으니까 재해석할 여지가 있네요. 어쩌면 그래서 다들 한 번은 또 살아 보겠다고 생각하는 거 아닐까요. 어떤 느낌인지 다시 느껴 보고 싶어서 태어나고, 또 태어나고.

한숨처럼 문장이 흘러나왔다. 죽고, 또 죽고. 반복해도 낡지 않는다. 그래서 좋은 건진 모르겠다만.

조 사무장이 고개를 갸웃거렸다.

"아까부터 생각했는데, 이소 씨 말투가…… 아니, 행동 패턴이랄까, 은근 허 변호사님 닮았어요."

어떤 점이 그러냐고 되묻고 싶었는데 허 변호사가 말을 잘랐다.

"제법이었어요."

여전히 기운 하나 없는 말투였다. 조 사무장만 들떠 말했다.

"근데 그 사람, 그 새 용의자…… 아니, 박재표 씨의 친구요. 자기가 무슨 짓을 했는지 알았을까요? 알았겠죠? 그러고도 자백 안

한 거잖아요. 그냥 잘못 먹고 그렇게 됐다, 결론짓고 따로 수사도
안 했으니."

─그럼 그 사람이 돌아오면 또 재판할까요?

"그러진 않을 것 같아요. 원한이 많이 풀린 느낌이었어요. 다시
만나기 전에 환생하는 걸 택할지도 모르고⋯⋯."

허 변호사가 나직하게 말했다. 고개를 끄덕이며 가방 안을 살
피던 조 사무장이 펄쩍 뛰었다.

"맞다, 나 판사님들 드리려고 츄르 가져왔는데! 지금 드리고 올
게요."

"뇌물처럼 안 보이게 조심해요."

허 변호사가 주의를 주었다.

"에이, 그래서 재판 끝나고 드리는 거잖아요. 재판에 졌으면 주
지도 않았겠지만. 어쨌든 다녀오겠습니다!"

나와 허 변호사는 목련 밑에서 조 사무장을 기다렸다. 그사이에
도 꽃은 서서히 피어 흐드러지게 만개했다. 언덕의 잔디도 한 겹
더 푸르러진 것 같았다.

누가 더 슬플까. 그렇게 해서 이곳으로 돌아오게 된 사람일까, 자
신의 실수로 소중한 친구를 떠나보낸, 아직도 삶을 지속하고 있는
사람일까. 그 둘은 만나게 될까? 만나서 쌓인 오해를 풀 수 있을까?

─다시 만날 때까지, 태어나지 않을 거 같아요⋯⋯. 나라면.

나는 태블릿에 썼다가 그냥 지워 버렸다. 딱히 보여 줄 내용도

아니었다. 하지만 허 변호사는 읽은 것처럼 말했다.

"이 세상에서든 저세상에서든 겹치는 건 쉽지 않아요. 기다리는 것도 쉽지 않고."

목련 꽃잎이 툭 발아래로 떨어졌다. 곱고 슬펐다.

─그 사람이 진짜 원했던 건 범인을 잡는 게 아니었을지도 몰라요. 범인을 잡는 거 자체로 달라지는 게 뭐 있겠어요? 그 마음의 얽힌 매듭을 풀길 바랐겠죠……. 아, 그게, 원한을 푸는 거네요. 재판하는 이유.

쓰고 나자 좀 멋쩍어졌다. 나대는 것처럼 보일까. 넌 그게 문제야, 그런 말을 들은 적이 있었는데. 이번 생이었던가, 아니면 지나간 어떤 생에서.

"기억 안 나겠지만, 이때 말고 그 전의 생에서 꽤 유명한 탐정이었어요."

허 변호사가 불쑥 말했다. 이건 또 뭔 소리? 내가? 영상 다 훑어봤지만 탐정이었던 적 없었는데?

"직업이 그렇다기보다는 그런 식의 행동을 했다는 거죠. 뭐, 그전 생에도 그 전전 생에도 비슷하게 반복이 되긴 했습니다만."

허 변호사는 한숨을 섞어 낮게 말했다. 담당하는 사건이라서 나에 대해 조사 많이 했나 보다. 근데 사건이 일어난 생 말고, 그 전생까지 다 본 건가? 그렇게까지 열심히 한다고?

이상했다.

—어쩌다 저를 변호하게 되신 거예요? 국선변호사 그런 거예요? 선택한 건 아니죠? 무작위인 거죠?

허 변호사는 내가 쓴 문장들을 본 게 분명한데도 대답하지 않았다. 뭐지, 왜 서운하지? 갑자기 눈물이 날 거 같은데? 대답하라고 막 잡고 흔들고 싶은 그런 기분.

다행히도, 충동을 행동으로 옮기기 전에 조 사무장이 뛰어왔다. 손이 빈 걸 보니 준비한 츄르와 간식들을 무사히 전달한 모양이었다.

"이제 자유입니다! 바로 다시 환생하실 거예요? 그럼 나중에나 보겠네. 아쉬워라. 우리랑 같이 일하면 좋을 텐데!"

조 사무장이 내게 말했다.

어, 그러게. 당연히 내가 질 거라고 생각하는 분위기라서 이기고 나면 어떻게 되는지도 물어볼 생각도 안 했다.

—여기 남을 수도 있죠? 아까 그 사람처럼요.

"그럼요!"

조 사무장은 펄쩍 뛸 정도로 좋아했다.

"이왕 돌아오신 거, 여기서 실력 발휘 좀 하다 가시죠! 저희 사무실에 자리 많아요! 오늘 재판 소문이 다 났을 건데, 다른 데서 스카웃하기 전에 빨리 찜해 놔야죠. 안 그래요, 허 변호사님?"

허 변호사는 모노레일에 탈 때까지도 아무 말도 하지 않았다.

모노레일은 다시 구름바다 위를 달렸다. 이제 구름은 햇볕을 받아 잘 마른 빨래처럼 따뜻해 보였다.

여기가 저세상이란 말이지……. 여기 있는데도 이 세상은 아니다. 이 세상을 떠나서 저세상으로 돌아왔으니 이제 여기가 내 세계인데도 말은 그렇게 한다.

여기 있어도 저기, 한 번 짚고 넘어 가는 거리감. 머물 곳이 아니라는 듯이, 한발 비켜 가고 멀어져 닿을 수 없는 자리. 그런데도 가까운 마음.

더 알고 싶고 온몸을 부딪쳐 보고 싶은 사람.

— 저 진짜 남을래요.

허 변호사는 밖을 향한 시선을 잠깐 돌려 내가 쓴 문장을 보았다. 그러고는 도로 바깥을 보곤 보일 듯 말 듯 고개를 끄덕였다.

나는 굳은 다리를 조심히 펴고 반대편 의자에 올렸다. 의자에 기대 눈을 감자, 어깨와 목에서 긴장이 풀리고 비로소 편안해졌다. 원래 여기가 내 자리였던 것처럼. 앞으로 무슨 일이 벌어지든 간에 다 제대로 맞아 볼 수 있을 것 같은 기분이었다.

남기고 온 삶은 흐릿해지고, 어디서 왔는지 모를 선명한 생각이 떠올랐다.

비로소— 돌아왔다.

죽음을 자주 생각하는 편은 아니다. 사후 세계에도 크게 관심이 없다. 정말로 관심이 없는 건지, 생각하면 심란할 뿐이라 생각하지 않으려는 건지는 나 자신도 잘 모르겠지만.

그저 죽는 순간 전등이 꺼지듯 다 끝나면 좋겠다. 촛불처럼은 안 된다. 연기가 남을 테니까 말이다. 뭐, 기억만 없다면 사후 세계가 있어도 되고 환생도 괜찮다. 이 생의 기억이 사라진다면 어차피 지금의 나는 끝이니 그 뒤로 다시 태어나거나 말거나 별 상관이 없을 것이다(이렇게 쓰다 보니 속으론 삶에 엄청나게 집착하고 있나 싶기도 하다. 후회하기가 두려워 싹둑 잘라 내고 싶어 하는 것일 수도).

그런데 만일, 나는 기억을 못 하는데 나와 엮인 사람이 기억한다면? 전생의 인연이 불쑥 나타나 풀다 만 과제를 들이민다면? 상관없다고 외면할 수 있을까? 개입하게 될까?

그 곤란함과 책임감이 이번 이야기의 시작점이 되었다.

장르는 추리. 추리 소설의 오랜 독자였지만 쓰게 된 것은 최근이다. 추리 소설을 쓰고 있으면 명쾌해지는 기분이 든다. 제한된

조건하에서 목표를 향해 달려가는 그 느낌이 좋다.

「저세상 탐정」은 살인 사건을 다루는 법정 공방물이기도 한데, 평소 추리 소설을 읽을 때에는 딱히 선호하지 않는 요소였다. 이야기를 끌고 가기 위한 도구로서의 죽음도 싫고, 검사와 변호사가 '대결'해야 한다는 것도 별로여서. 그런데 어쩌다 보니 이 이야기를 쓰게 되었고, 사후 세계를 다루고 있는 덕에 취향에 맞는 이야기를 써 낼 수 있었다. '저세상' 법정이라는 '치트키'를 마음껏 활용하며 제멋대로의 풍경을 상상해 보는 일은 꽤 즐거웠다.

이야기는 이렇게 마무리되었지만 질문들은 남았다. 이소와 허 변호사는 어떤 인연이었을지, '돌아온' 이소는 앞으로 어떤 탐정으로 활약하게 될지. 이 글을 읽은 이들이 나처럼 궁금해한다면 좋을 것 같다. 이 짧은 이야기 구석구석 던져 놓은 막연한 암시와 떡밥들을, 언젠간 해결하고 싶다.

파란불이 켜지면

남세오

남세오

환상문학웹진 「거울」의 2019년 대표중단편선에 표제작인 「살을 섞다」를 실었다. 지은 책으로 SF 단편집 『중력의 노래를 들어라』, 청소년 경장편 『너와 함께한 시간』이 있다. 한중일 아시아 설화 SF 프로젝트인 『일곱 번째 달 일곱 번째 밤』을 비롯한 여러 앤솔러지에 참여했다.

자전거로 등교할 때 꼭 외워야 하는 게 있다. 학교에 도착할 때까지 총 네 번 건너야 하는 신호등의 패턴이다. 신호등 주기는 백 초에서 백오십 초 사이로 다양하다. 다시 말해 신호등에 한 번 걸리면 빠듯한 등교 시간을 최대 백오십 초까지 손해 본다. 신호등에 네 번 다 걸리면 무려 오 분이나 늦어 지각을 피할 수 없게 된다.

이러다 사고 나겠다. 그냥 지각해 버릴까.

다급하게 페달을 밟는 내 머릿속에서 누군가 중얼거렸다. 얼마 전부터 자꾸 그 목소리가 들리기 시작했고 그때마다 깨질 듯이 머리가 아프다. 특히 신호등에 걸리지 않으려고 페달에 힘을 줄 때 자주 그런 일이 생긴다. 오늘도 마찬가지였고 신호등에 걸려서 결국 이렇게 교문에서 붙잡혀 학생주임에게 설교를 듣고 있다.

"박수연. 너는 대체 자전거 타고 오면서 어떻게 그렇게 매일 지각이냐. 집이나 멀면 또 몰라요. 걸어도 십 분이면 오는 거리를 굳이 자전거를 끌고. 지각을 하지 말든지 자전거를 타지 말든지. 둘 중 하나만 해야 하는 거 아냐, 안 그래?"

걸어서 십 분 안에 절대 못 오는데.

또다시 목소리가 들리며 머리가 아팠다. 나도 모르게 인상을 찌푸리자 학생주임의 표정이 같이 찌그러졌다. 짜증 내는 게 아니라 두통 때문이라고 변명을 하려는데 갑자기 눈앞이 하얘지며 다리에 힘이 풀렸다.

"어, 뭐야. 야, 너 왜 그래? 장난치지 말고⋯⋯."

학생주임의 목소리가 점점 흐려졌다. 그리고 내 팔을 붙잡는 손이 느껴졌다. 따뜻하고 부드러웠다. 순간 아주 이상한 기분이 들었다. 나를 둘러싼 세상 일부가 삼차원으로는 표현할 수 없는 어떤 축을 따라 움직였다. 이상하게도 마음이 가라앉았다. 난기류를 만나 흔들리던 비행기가 겨우 제대로 된 바람에 올라탄 느낌이었다. 나는 안심하고 팔을 붙잡아 준 손에 몸을 맡겼다.

"정신이 좀 들어?"

시간이 얼마나 지났을까. 번쩍 떠진 내 눈에 제일 먼저 들어온 것은 어떤 얼굴이었다. 예쁘다. 그런데 누구더라. 교복을 보면 우리 학교 학생인데. 이름표에는 유다희라고 적혀 있다. 아, 유다희. 몇 반이었더라. 내 시선이 팔을 따라 손으로 내려갔다. 나는 나도 모르게 그 손을 붙잡아 내 팔에다 가져다 댔다. 따뜻하고 부드러웠다. 지금 나는 하얀색 시트가 깔린 침대에 누워 있다. 익숙한 창틀의 모양을 볼 때 여기는 양호실이다. 아, 그래. 아까 교문에서 저 손이 날 붙잡아 줬지. 나는 교문에서 학생주임에게 설교를 듣고 있었는데 그건 지각을 했기 때문이고, 지각한 건 갑자기 머리가 아팠기 때문인데 지금은 머리가 아프지 않다. 양호실에 누워 있는 게 민망할 정도로 몸이 개운했다.

"머리가 하나도 안 아파."

"당연하지. 이제 분기점에서 떨어져 나왔으니까. 새 삶을 시작하게 된 걸 축하해."

"너, 나 알아?"

"아니, 이제부터 알아야지."

유다희. 기억난다. 유다희로 말하자면 나와는 마주칠 일이 없는 애다. 교문에서 학생주임에게 붙잡힌 채로 만날 애는 더더욱 아니다. 뭐랄까. 그냥 사는 세상이 다르달까. 학생기록부를 탈탈 털어도 감점받을 만한 게 단 하나도 없는 그런 애다. 가산점이라는 가산점은 모두 받고 원하는 대학에 갈 거다. 그에 비하면 나는 뭐, 이번 생은 그냥 망했다고 봐도 된다.

"그런데 네가 나를 왜 알아야 하는데?"

"그게 궁금해? 분기점이나 새 삶이 아니라?"

"그것도 차례대로 궁금해하려고 했지. 그런데 왜 나야?"

"나도 너일 줄은 몰랐어. 차차 알게 되겠지."

다희는 아무것도 설명해 주지 않았다. 대신 증명해 주겠다고 했다. 수업 시작하기 전에 읽어 보라며 네모나게 접힌 쪽지 하나를 건네주었다. 교실로 돌아가는 길에 열어 본 쪽지에는 주요섭이라는 이름이 적혀 있었다. 들어 본 것 같기는 한데 아는 사람은 아니었다. 교실 문을 열자마자 시끄럽게 달려드는 애들 때문에 그 이름은 금방 잊어버렸다.

"박수연! 너 쓰러지는 연기 완전 대박! 그냥 땅으로 몸을 던지는데 학주가 의심도 못 하더라."

"아 짜증 나. 연기 아니거든. 진짜 쓰러진 거야."

"네가?"

"왜. 나는 쓰러지면 안 돼?"

"안 되지. 자전거로 단련된 이 단단한 종아리와 코어 근육을 보유한 네가 바람 빠진 인형처럼 푹 쓰러지는 게 말이 돼? 와, 이거스텝 봐! 무게중심 이동 완전 안정적. 켁켁. 안 그럴게. 살려 줘!"

도망가는 친구에게 순식간에 달려들어 헤드록을 거는 내 모습을 보며 나 역시 쓰러졌었다는 게 믿기지 않았다. 수업 시간이 아닌 이상 내가 정신을 잃을 일은 없다. 교문 앞에서 느꼈던 다른 차원으로 움직이는 감각을 떠올리다가 선생님의 목소리에 퍼뜩 잠에서 깼다.

"그래서, 박수연! 내가 누구라고 했지?"

"어, 누구냐고요?"

자리에서 벌떡 일어난 내 눈에 안경을 치켜올리는 문학 선생님의 모습이 들어왔다. 애들이 킥킥거리는 소리도 들렸다. 그리고 다희가 건네준 쪽지가 떠올랐다.

"주요섭. 주요섭이요?"

"흐음. 수업을 듣긴 들었네. 앉아. 그래서 이 「사랑손님과 어머니」는……."

대답할 때 다시 살짝 머리가 아팠지만 여기서 또 쓰러지면 꼼짝없이 놀림감이 된다는 생각에 꾹 참고 버텼다. 수업이 끝나자마자 다희네 반으로 달려갔다. 옥상으로 불러내려고 했는데 보이지 않았다. 혹시나 해서 옥상에 올라가 보았더니 다희가 먼저 와서 기다리고 있었다.

"너 뭐냐, 정말. 어떻게 안 거야?"

"이제 하나는 증명됐지?"

"뭐가."

"내가 무슨 말을 하든 완전히 헛소리는 아닐 거라는 거. 지금 이 상황을 설명할 어떤 논리가 필요하다는 거."

"알아듣게 말을 해. 아까부터 진짜."

"설명해 줄게. 떡볶이 사 줘."

"내가?"

"응."

"왜?"

"아까 쓰러지던 거 잡아 줬잖아."

그건 사실이었다. 떡볶이를 사 줄 만한 충분한 이유도 된다. 하지만 떡볶이를 먹으며 다희는 말도 안 되는 얘기를 끝도 없이 늘어놓았고 나는 과연 이 헛소리를 어디까지 진지하게 들어 주는 것이 빚진 것에 대한 예의일지를 고민했다.

"그러니까 네 말은, 우리가 같은 삶을 반복해서 살고 있다는 거지?"

"그렇지."

"우리가 그걸 모르는 이유는 이전 삶에 대한 기억이 싹 다 지워졌기 때문이고."

"으흥."

"그런데 너는 그걸 기억할 수 있는 거고?"

"맞아. 생각보다는 이해가 빠르네."

"그걸 나보고 믿으라고?"

다희는 대답 대신 내 앞에 놓여 있던 컵을 들더니 안에 남은 사이다를 탈탈 털어 마셔 버렸다. 그러고는 컵을 다시 원래 자리에 내려놓았다.

"야, 그거 내가 매운 거 다 먹고 마지막에 입가심하려고 남겨 둔 건데!"

그 말이 끝나기도 전에 좁은 테이블 사이를 지나가던 아이가 뭐가 급한지 서둘러 계산대로 달려가던 남자에게 밀쳐지며 우리 테이블 쪽으로 넘어졌다. 다행히 누가 다치지는 않았는데 아이 손에 걸린 컵이 빙그르르 돌다가 내 무릎 위로 떨어졌다. 아이가 깜짝 놀라 외쳤다.

"아! 죄송합니다!"

"아냐. 괜찮아. 안 다쳤으면 됐어. 다행히…… 쏟아진 것도 없고."

그렇게 말하며 나는 다희를 바라보았다. 다희는 이제 믿겠냐는 눈빛으로 살짝 웃었다.

"뭐야. 어떻게 한 거야?"

"어떻게 하긴. 컵이 떨어질 줄 알았으니까 미리 비워 놓은 거지."

"그럼 너는 정말로 미래를 볼 수 있는 거야?"

"지금까지 뭘 들은 거야. 난 이전 회차의 삶을 기억한다니까. 그래서 무슨 일이 일어날지 미리 아는 거고."

"그러니까, 그게 미래를 보는 거랑 뭐가 다르냐고."

"미래에 무슨 일이 일어날지 다 보이는 게 아니야. 난 내가 겪었던 일만 기억해. 전부 다 기억하는 것도 아니고 그 일이 일어나기 조금 전에야 겨우 떠올라. 기껏해야 오 분에서 한 시간 정도? 그보다 더 먼 미래에 대해서는 어렴풋한 느낌만 있어. 괜히 불길한 느낌이 들거나 왠지 어떤 일을 꼭 해야 할 것 같은 식으로."

아무리 설명을 들어도 그게 미래를 보는 것과 뭐가 다른지 잘 이해가 가지 않았다. 과학 시간에 선생님을 바라보는 표정으로 괜히 고개만 끄덕이는 나를 보며 다희는 팔짱을 낀 채 길게 한숨을 내쉬었다.

"그래. 지난번 삶에서도 못 알아들었는데 이번에 갑자기 알아들을 리가 없지. 차차 알게 될 거야. 너도 조금씩 지난 회차의 기억을 떠올리게 될 테니까. 정확히는 지난 삶에서 내가 했던 생각이 떠오르는 건데. 잘 모를 때는 꼭 머릿속에서 누가 말을 거는 것처럼 느껴져."

"그리고 갑자기 머리가 아프고?"

내가 물었다. 자전거를 타고 등교할 때 받았던 느낌이다. 그제야 다희가 눈을 빛내며 팔짱을 끼고 있던 손을 풀어 테이블을 탁 쳤다.

"그렇지? 너도 느꼈을 줄 알았어. 그런데 머리가 아픈 건 삶이 바뀌려고 할 때의 느낌이야. 그냥 가만히 있으면 예전 삶에서 일어났던 일이 그대로 일어나고 두통도 사라져. 하지만 아픈 걸 참고 어떤 행동을 하면 미래가 바뀌어. 완전히 새로운 삶이 시작되는 거지. 난 그걸 분기점이라고 불러."

"그럼 오늘 내 삶이 바뀐 거야? 어떻게 바뀌었는데?"

"그건 나도 모르지. 기억나는 건 길어야 한 시간 정도라니까. 어쨌든 뭐, 느낌은 나쁘지 않아. 난 수많은 삶을 거듭하면서 조금씩 내 삶을 완벽하게 만들어 왔으니까. 기억나는 길을 그대로 짚어 가기만 하면 내 삶은 계속 완벽할 거야. 네게도 나쁜 일이 일어나지 않을 거고. 내가 막아 줄 테니까. 대신 한 가지만 약속해."

"무슨 약속?"

"내가 가끔 무슨 부탁을 할 텐데, 꼭 그대로 해야 해. 그래야 이전 회차의 삶을 따라갈 수 있으니까. 오늘은 너무 많이 생각하지 말고 일단 푹 쉬어. 피곤할 테니까."

피곤하기는 했다. 나는 꿈도 꾸지 않고 깊게 잠을 잤다. 결국 또 늦잠을 자고는 맹렬하게 자전거를 타고 달려 겨우 학교에 도착했다. 머리도 아프지 않고 신호등에도 걸리지 않아서 지각은 면했다. 내 삶은 특별히 달라진 게 없었다. 지루한 수업이 이어지고 그럭저럭 문제아로 찍히지 않을 정도의 성적을 받고 친구들과 망한 인생에 대해 떠들었다.

"대체 뭐가 새 삶이라는 거야. 하나도 바뀐 게 없는데."

딱 하나가 바뀌었다. 유다희와 친구가 되었다. 친구라기엔 가끔 옥상이나 분식집, 편의점에서 만나 떠드는 게 전부지만 어쩌면 남들이 들으면 전혀 이해가 가지 않을 이야기를 나누는 게 친구의 존재 이유인지도 모른다. 그런 의미에서 내게는 친구가 몇 명 더 있지만 다희의 친구는 나 하나였다. 적어도 내가 알기로는 그랬다. 내신 1등급을 받고 어쩌면 수능도 만점을 받고 원하는 대학에 진학해서 원하는 직업을 가질 수 있는 아이여도 친구는 없었다. 반복되는 인생에 대해 말할 수 있는 건 나밖에 없으니까. 다희가 단 하나의 오점도 없는 완벽한 삶을 살아가는 비밀은 오직 나만이 알았다.

"야, 너 유다희랑 친해?"

오늘도 어김없이 자전거를 타고 겨우 지각 전에 교문을 통과한 뒤 책상에 쓰러져 있는데 친구가 옆구리를 쿡 찌르며 물었다.

"뭐 그냥, 조금?"

"어떻게?"

"어떻게라니. 내가 유다희랑 만나는 게 이상해?"

"아니, 유다희가 너랑 만나는 게 이상해."

"너 말 이상하게 한다. 그게 무슨 차인데?"

내가 벌떡 몸을 일으키며 노려보자 친구는 재빨리 뒤로 물러나 손사래를 쳤다.

"아니, 너는 두루두루 다 친하니까. 근데 유다희는 친구가 없잖아. 그것도 왜 하필 너랑……."

"하필?"

"야, 박수연 너랑 유다희랑 좀 뜬금없는 건 사실이지. 근데 그게 중요한 게 아니야."

다른 친구 하나가 불쑥 끼어들었다. 유다희와 같은 중학교에 다녔던 애다. 귀가 솔깃해진 나는 얼른 그 애에게 달라붙었다. 그러자 그 애는 무슨 대단한 비밀을 말하듯이 속삭였다.

"유다희 개 귀신 본다는 소문이 있어."

"무슨 말도 안 되는. 야, 믿을 걸 믿어라."

혀를 차며 그렇게 대답하면서도 다희에게 왜 그런 소문이 따라붙었는지는 짐작이 갔다. 멍하니 앉아 지난 삶의 기억을 떠올리고 알 수 없는 행동을 하면서도 단 하나의 실수 없이 완벽한 모습에 뭔가 초자연적인 이유를 붙이고 싶었을 거다. 하지만 이어지는 말은 참을 수 없었다.

"진짜야. 안 그러면 왜 친구가 하나도 없겠냐. 걔랑 친했던 애들은 다 저주받았대."

"너 자꾸 헛소리할래!"

"깜짝이야. 아니, 뭐 그냥 애들이 그런다고."

"두고 봐. 내가 다희랑 친해질 테니까. 내가 저주받나 두고 보라고. 알지도 못하면서. 너 내가 저주 안 받으면 그 애들 하나하나 다 찾아가서 그거 아니라고 확실히 알려 주고 다신 소문 안 내겠다고 맹세 받고 사인까지 받아 와, 알았어?"

"야아. 왜 그렇게까지 해야 하는데."

너희는 다희에 대해서 아무것도 몰라. 그렇게 생각하면서도 다희의 비밀을 애들에게 말할 수는 없었다. 솔직히 나도 다희가 살아가는 방식을 완전히 이해하지 못한다. 수없이 많은 삶을 반복하며 살아가는 건 어떤 느낌일까. 얼마나 오래전부터 반복되어 온 건지 다희 자신도 모른다. 마음에 들지 않는 선택을 하나씩 바꿔 가다 보니 어느새 모든 선택이 완벽해져 있었고 이제는 그냥 기억대로 살아가면 된다. 시험을 보든 수행 평가를 하든 그냥 떠오르는 대로만 하면 만점이다. 발을 헛디뎌 다치는 사소한 사고도 일어나지 않는다. 심지어 기억에 몸을 맡기고 걸으면 건널목 앞에 도착하는 타이밍에 딱 맞춰 파란불이 켜진다.

"와, 그건 좀 부럽다."

"다른 거 다 제쳐 두고 신호등 켜지는 게 부럽다고?"

"다른 것도 차례대로 다 부러워하려고 했거든?"

물론 다희의 삶은 부러웠다. 이미 망해 버린 1학년 내신을 생각하면 공부할 의욕도 생기지 않는 나와는 다르니까. 공부해 봤자 얼마나 잘할 수 있을지도 모르겠고, 공부를 잘해 봤자 뭘 할 수 있는지도 모르겠고. 그런데 그건 다희도 만만치 않았다. 솔직히 말하면 나만큼이나 의욕이 없어 보였다.

"그냥 기억나는 대로만 사는 거야. 그게 최선일 게 확실하니까. 다른 선택을 해 봐야 골치 아픈 일만 생기겠지."

"그래도 가끔 뭔가 바꾸고 싶지 않아?"

"그럴 때도 있지. 사실 바꾸고 싶을 때보다는 귀찮을 때가 더 많거든. 어떤 날은 엄청 피곤한데도 밤늦게까지 공부하는 기억이 난다. 어떤 날이 아니라 꽤 자주 그러지. 그럼 자고 싶어도 그냥 꾹 참고 공부해. 그게 최선일 테니까. 진짜 힘든 게 뭔지 알아? 그렇게 공부하다 보면 갑자기 라면이 먹고 싶어진다. 근데 먹은 기억이 없어. 그러면 또 참아야 해. 이해가 가니?"

"아니. 이해 안 하고 싶어. 난 미래를 볼 수 있다고 해서 성적도 거저먹는 줄 알았더니. 그건 그냥 열심히 해서 잘하는 거잖아? 하기 싫을 때는 안 하면 안 돼? 삶이 꼭 완벽해야 하는 건 아니잖아."

"일단 삶이 바뀌기 시작하면 어디까지 떨어질지 알 수 없으니까. 그보다도 별로 고민하고 싶지가 않아. 어렸을 때부터 이렇게 살다 보니까 버릇이 되어서 그런지 그렇게 힘들지도 않고. 솔직히 학교 다니고 공부하는 거 안 힘든 애가 어딨니? 다들 힘든데 힘든 만큼 보상받지도 못하잖아. 난 그래도 결과는 확실하니까 대학 합격할 때까지만 그냥 이렇게 살까 싶기도 하고."

그 말은 좀 이해가 갔다. 노력한 만큼 보상받을 수만 있다면 나도 그 노력이라는 걸 좀 해 볼 텐데. 인생이라는 게 정해진 숫자만큼 몬스터를 잡으면 약속한 보상을 주는 게임이면 좋겠다는 생각도 들었다. 완벽한 삶이라는 결과가 확실하다면 나도 다희처럼 열심히 살 수 있을까. 그런데 왠지 다희의 이야기를 들을수록 부럽다는 생각은 점점 사라졌다. 완벽한 보상을 약속받고 노력하는 게 아니라 그 보상을 미끼로 협박당하는 것처럼 보였다. 다희의 삶은 완벽했다. 지금까지도 그랬고 앞으로도 그럴 것이다. 기억나는 대로만 행동하면. 그 기억을 벗어나 멋대로 행동하면 다희는 모든 걸 잃을지도 모른다.

"솔직히 말하면 좀 무서워. 안전하다고 확인된 길을 벗어나는 게."

어느 날 다희가 말했다. 다희와 함께 집 근처 공원을 산책하는 중이었다. 우리가 만나는 횟수는 점점 늘어서 이제는 거의 매일 저녁을 함께 먹었다. 그러고도 모자라 공원을 빙빙 돌며 시간을 보내다가 헤어졌다. 헤어지는 시간은 다희가 알려 줬다. 지난 회차에서 헤어졌던 시간 그대로였다. 이제는 나도 조금씩 이전 삶의 기억이 나기 시작했다. 다희가 알려 주고 나서야 '아, 그래. 지난 회차에서도 이때 헤어졌었지' 하고 깨닫는 수준이었지만. 오늘은 유난히 산책이 길어졌다. 하나둘 가로등이 켜지면서 공원 곳곳이 그림자 속으로 숨어들었다. 다희는 언제나 자신이 기억하는 환한 길로만 걸으려 했다. 나는 항상 끌고 다니는 자전거 전조등으로 길 앞쪽을 휘적휘적 비추며 대답했다.

"무섭긴 뭐가 무서워. 얼마나 대단한 일이 일어난다고. 솔직히 밤에 라면 끓여 먹는 것도 참는 건 너무 오버 아냐? 다음 날 좀 덜 먹으면 되잖아. 운동을 하든지. 너 자전거 한번 타 볼래?"

"자전거야말로 위험하지. 그래서 말인데, 너 내가 자전거 타지 말라고 할 때는 절대 타지 말아야 해. 무슨 말인지 알겠어?"

그렇지 않아도 다희는 내 행동에 일일이 간섭하는 중이었다. 나와 만나는 시간과 장소는 모두 다희가 정했고 약속 장소에 자전거를 타고 와야 하는지 걸어와야 하는지도 미리 일러 주었다. 모든게 기억대로 흘러가야 한다는 이유였다. 다희의 기억이 항상 구체적이지는 않아서 모든 행동을 다 정해 놓지는 않았다. 그래도 일단 다희가 기억한 것들은 그대로 해야 했다. 그다지 불편하지는 않았다. 대부분은 시키지 않아도 원래 그렇게 하려고 했던 참이었으니까. 지난번 삶에서 내가 했던 행동일 테니 어찌 보면 당연했다. 그러니 다희가 내게 뭘 하라고 미리 알려 주는 데 불만은 없었다. 다만 정해진 길에서 한 치도 벗어나지 않으려는 모습이 좀 답답할 뿐이었다.

"정말 그렇게 하고 싶은 거 다 참으면서 어떻게 사냐. 뭐가 제일 힘들어? 라면 참는 거?"

"뭐, 그것도 힘들긴 하지. 진짜 힘든 건 따로 있지만."

"뭔데?"

"몰라도 돼."

다희가 그렇게 말하며 살짝 웃었다. 나는 왠지 그게 뭔지 알 것 같았다. 왜 그렇게 생각했는지 모르겠다. 어쩌면 편의점에서 든든하게 배를 채워서 쓸데없이 기분이 좋았기 때문인지도 모르겠다. 어떻게 해도 좋은 일만 일어날 것 같은 흔치 않은 날이었다. 내가 물었다.

"우리 뽀뽀할까?"

"안 돼."

"안 돼? 싫은 게 아니라?"

"안 되니까 싫어. 그런 거 기억에 없으니까."

"내가 싫은 건 아니고?"

다희는 대답하지 않았다. 나는 나무 그림자로 가려진 공원 구석으로 다희의 손을 잡아끌었다. 잠시 망설이던 다희가 가로등 불빛을 벗어나 그림자 안으로 끌려 들어왔다. 자전거를 세워 두고 두 손으로 다희의 어깨를 감싸 쥐었다. 순간 머리가 깨질 듯이 아팠다. 교문에서 붙잡힌 그날처럼 이상한 차원으로 둥실 떠가는 기분이 들었다. 내 표정을 본 다희가 멈칫하며 말했다.

"안 되겠어. 그거 분기점이잖아. 잘못하면……."

내가 어떻게 했는지 잘 기억이 나지 않는다. 다희에게 그 말을 듣고 난 뒤 갑자기 눈앞이 하얗게 흐려졌다. 어쩌면 눈앞이 하얗게 흐려진 뒤에 그 말을 들었는지도 모른다. 딱 한 가지. 다희의 반듯한 이마에 내 입술이 닿았던 순간만큼은 생생하게 기억난다. 아주 오랫동안 그 순간에 멈춰 있었다. 다희가 어깨를 붙들고 거칠게 흔든 덕분에 나는 겨우 정신을 차렸다.

"대체 왜 그랬어? 내가 안 된다고 했잖아!"

머리를 얻어맞은 기분이었는데 두통은 말끔히 사라졌다. 내가 또 다른 분기점을 만든 모양이었다. 다만 이번에는 다희의 기억에 있는 분기점이 아니었다. 다희가 원한 분기점이 아닌 것도 분명했다.

"미안. 난 그냥, 네가 너무 걱정이 많은 것 같아서……. 괜찮아. 이런 거 하나로 뭐가 바뀌겠어? 그냥 없었던 일로 하면 되잖아, 본 사람도 없고."

"네가 뭘 알아서? 네가 뭘 안다고 그런 말을 해? 없었던 일로 한다고? 그게 네 마음대로 되는 건 줄 알아! 뭐가 괜찮은데? 괜찮은지 네가 어떻게 아는데!"

다희가 그렇게 화를 내는 건 처음 봤다. 화를 내는 정도가 아니라 겁에 질린 듯 몸을 부들부들 떨었다. 나도 덜컥 겁이 났다. 어깨를 감싸 안아 주려는 내 손을 다희가 홱 뿌리쳤다.

"아니, 다희야. 진정해. 괜찮아. 내가 괜찮게 만들게. 아무 일도 안 일어날 거야. 안심하고 그냥 집에 들어가서 푹 자고 나면."

"달라. 모르겠어."

"그러니까 오늘은 일단."

"다르다니까! 기억이랑 달라. 지금 네가 나한테 이런 말 하는 거 전혀 기억에 없다고. 앞으로 무슨 일이 일어날지 하나도 모르겠는데 어떻게 안심을 해? 그리고 무엇보다!"

소리치던 다희가 갑자기 말을 멈추고는 나를 노려보았다. 나는 철딱서니 없게도 그 순간 다희가 너무 예쁘다고 생각했다. 무언가 하려던 말을 삼키고 그대로 집으로 들어가 버리는 다희의 뒷모습을 한참 동안 멍하니 바라만 보았다.

그날 이후로 다희는 내게 연락하지 않았다. 내 삶은 다희를 만나기 전으로 돌아갔다. 신호등에 걸리지 않기 위해 자전거 페달을 밟으며 지각과 세이프를 반복하고 친구의 목에 헤드록을 걸었다. 그리고 평범한 실망과 농담으로 하루가 채워졌다. 두 번의 분기점을 거쳐 다시 원점으로 돌아간 걸까. 그렇지 않았다. 내 삶은 예전과는 전혀 달랐다. 그리고 이전 회차의 삶과도 달랐다.

다희와 만나는 동안 나는 조금씩 이전 회차의 삶을 기억하기 시작했다. 그때는 그 기억이 이번의 삶과 똑같아서 잘 구별이 되지 않았다. 하지만 지금은 달랐다. 다희와 만나고 있지 않는데 만나는 기억이 났다. 그럴 때마다 이상하게 가슴이 아팠다. 이전의 삶에서 나는 다희에게 어리석은 짓을 하지 않았고 다희는 내게 더 많은 이야기를 해 주었다. 이전의 삶에서 나는 그 이야기들을 심각하게 듣지 않았다. 이전 삶의 기억은 이전의 내가 아니라 지금의 내 가슴에 와서 박혔다. 그건 정말 이상한 경험이었다.

나는 다희가 기억을 거스르는 일을 그토록 두려워했던 이유를 이해하게 되었다. 다희가 내다볼 수 있는 미래는 고작 한 시간 정도다. 다희는 그 끝에 자신에게 가장 이롭고 완벽한 미래가 있다는 건 알았지만 어떤 길을 통해 그곳에 다다르는지는 몰랐다. 짙은 안개 속에서 밧줄 하나만 붙잡고 앞으로 가고 있는 셈이었다. 수없이 반복되는 인생을 통해 다듬어진 삶은 다희에게 감옥과도 같았다. 보장된 미래에 저당 잡힌 삶이었다.

게다가 다희의 두려움에는 더 큰 이유가 있었다. 어느 날 저녁 집에 돌아와 침대에서 뒹굴던 나는 다희와 편의점에서 삼각김밥을 나눠 먹던 기억을 떠올렸다. 지난 회차의 기억이었다. 그 기억 속에서 다희는 내게 많은 이야기를 해 주었다.

다희가 이전의 삶을 기억하기 시작한 건 초등학교 1학년 때부터였다. 머릿속에서 들리는 목소리대로만 하면 모든 일이 잘 풀렸다. 잘 풀린 정도가 아니었다. 다희와 다희의 가족은 그 덕분에 가까스로 살아남았다. 아빠가 반년 전부터 예약해 놓은 콘도로 가족 여행을 떠나기로 한 날, 다희는 왠지 가면 안 될 것 같은 불길한 느낌이 들었다. 다희는 무작정 가지 않겠다고 떼를 썼다. 아빠가 억지로 데려가려 하자 다희는 갑자기 머리가 깨질 듯이 아팠다. 발버둥에 못 이겨 아빠는 결국 여행을 포기했다. 겁에 질려 여행을 떠났던 기억과는 다르게 다희는 집에서 엉엉 울었다. 그리고 그날 밤 다희는 방에서 불이 나는 꿈을 꿨다. 꿈이라기엔 너무 생생했다. 아침에 일어나서야 그게 꿈이 아니라 지난 회차의 기억이라는 걸 알았다. 가족이 묵기로 한 콘도에 불이 나 세 명이 죽고 스무 명이 다쳤다. 그 뉴스를 보고 넋이 나간 표정으로 돌아보던 아빠의 얼굴을 다희는 잊을 수 없었다. 이후로도 몇 번인가 다희의 가족은 다희 덕분에 화를 면했다. 그런 일이 반복될수록 다희와 가족 사이에 점점 보이지 않는 벽이 세워졌다. 다희가 불행을 경고하고 막아 내면 그 기운이 사라지는 대신 다희에게 덧씌워졌다. 다희는 그걸 이해할 수 없었다. 억울해하다가 화를 내다가 원망하다가 끝내는 포기했다. 그저 묵묵히 모든 일이 기억대로 일어나도록 혼자 애썼다.

그랬구나. 그런 일이 있었구나. 나는 그것도 모르고. 걱정하지 마. 난 언제나 네 편이니까.

지난번 삶에서 나는 다희에게 그렇게 말했다. 그 말을 너무 거

침없이 하는 내 모습이 조금 놀랍고 부러웠다. 지금은 다희가 옆에 없어서 그 말을 할 수 없다. 다희가 옆에 있어도 그렇게 쉽게 말할 수 있을지 모르겠다. 나는 침대에서 벌떡 일어나 자전거를 끌고 밖으로 나왔다. 지난번 삶의 기억을 따라 집 근처 공원을 걸었다. 그 길을 홀로 걸으며 지난 회차에서 다희가 해 주었던 이야기를 들었다. 다희 혼자 진지하게 떠들던 이야기. 관심 없어서 그때는 그냥 흘려들었던 그 이야기가 이상하게 재미있어서 나도 모르게 키득댔다.

"좋단다. 뭐가 그렇게 재밌어?"

"응?"

귀에 들려온 말은 기억이 아니었다. 퍼뜩 고개를 든 내 앞에 다희가 서 있었다. 내가 바보 같은 짓을 했던 바로 그 자리였다.

"너 그 얘기 그렇게 재미있어하지 않았잖아. 지루해하고 하품하고. 내 기억엔 분명히 그런데."

"그러게. 내 기억도 그런데 그냥 재밌네?"

"기억 떠올리는 거, 익숙해진 거야? 지난 회차 때 기억 말이야."

"조금? 이게 실제하고, 그러니까 이번 회차하고 다르니까 좀 신기하다. 진짜가 아닌데 꼭 진짜같이 생생해."

이상했다. 다희의 얼굴을 보자 나는 꼭 그날처럼 대책 없이 기분이 좋아졌다. 편의점에서 든든하게 배를 채우지도 않았는데 그랬다. 헤실헤실 웃는 나를 보는 다희의 입꼬리가 살짝 흔들렸다.

다희가 눈을 가늘게 뜨며 물었다.

"이번 회차에서 삶을 바꿔 보니까 어때? 더 좋아? 마음에 들어?"

"음. 나쁘지 않은 거 같아."

"잘됐네. 그렇게 하는 거야. 조금씩 바꿔 가다 보면 언젠가는 네 삶도 완벽해지겠지."

"너는 어떤데?"

내가 물었다. 다희는 한참 동안 대답하지 않았다. 바람이 꽤 쌀쌀했다. 내가 그만 돌아서려고 할 때 다희가 말했다.

"너, 내가 왜 친구가 없는 줄 알아?"

네가 왜 친구가 없어. 내가 있잖아. 그런 생각 하지 마. 난 언제나 네 편이니까.

"아니. 몰라."

내가 잠시 망설이다 대답했다. 입에서만 맴돌던 말을 꿀꺽 삼켰다. 그런 말을 할 자격이 없다고 생각했다. 다희는 그럴 줄 알았다는 듯이 한숨을 쉬었다.

"그래, 모르겠지. 아무것도 모르면서. 그렇게 아무것도 모르는데 넌 어떻게 사니?"

"미안해."

"화내는 거 아냐. 물어보는 거야."

"화내는 게 아니야?"

"응."

다희는 내게 한 번도 거짓말한 적이 없다. 화내는 게 아니라는 말에 나는 또 헤실헤실 웃어 버렸다. 다희는 억지로 웃음을 참는 것 같았다. 적어도 내 눈에는 그렇게 보였다. 내가 어떻게 사는지는 나도 모른다. 다희처럼 웃음을 참지 못한 게 민망해서 나는 그냥 아무 말이나 했다.

"그냥 살아. 몰라도, 어차피 망한 인생. 다음 회차에 복구하지, 뭐."

"난 그렇게 못 살아."

"알아. 미안해."

"알긴 뭘 알아. 또 모르면서."

그렇게 말하고 다희는 저벅저벅 내 쪽으로 다가왔다. 그러더니 내가 끌고 온 자전거를 획 낚아채고는 그대로 올라타려고 했다. 다희는 긴 다리를 안장 근처로 몇 번 휘적이다가 페달에 발을 올려놓더니 돌아서 나를 보며 말했다.

"자전거 타는 거 가르쳐 줘."

"타도 돼?"

"모르지, 나도 이제! 기억하고 다 달라졌는데."

"위험하다며."

다희는 다시 한번 한숨을 내쉬며 나를 바라보았다. 그러더니 내 어깨에 손을 얹으며 말했다.

"다음번 삶에서는 네가 내 손을 잡고 끌고 갈 때 따라가지 않을 거야. 이번에는 처음이라서 몰랐지만 다음에는 다 기억이 날 테니까. 그럼 난 아무 문제 없이 다시 완벽한 삶으로 돌아갈 수 있어."

"맞네! 그러면 되겠네. 난 또 괜히 걱정했잖아. 야, 넌 다 방법이 있으면서."

"그러니까 이번 회차가 마지막이야, 이런 기분으로 사는 건."

"어떤 기분?"

"됐고. 어쨌든 그래서 난 이번 인생을 대충 살 수 없다고. 최선을 다할 거야. 각오해. 일단 오늘은 자전거 타는 방법부터 가르쳐 줘."

"그래. 뭐, 알았어. 일단 거기 앉아 봐. 아니. 발을 그쪽으로 하면 어떻게 올라가냐. 그렇지."

다희는 겨우 다리를 반대쪽으로 넘기고는 어색한 자세로 안장에 걸터앉았다. 그러고는 바닥에서 발을 떼지 못했다.

"내가 잡아 줄 테니까. 천천히 페달을 밟아 봐. 핸들에 힘 너무 주지 말고. 아니. 일단 발을 떼야지."

"나 넘어지면 네가 책임져야 해."

"안 넘어지게 할 테니까 걱정하지 마."

"하여튼 네가 다 책임져야 해. 무슨 말인지 알아?"

"알았다니까. 어어. 야! 너무 빨라! 다희야!"

다희가 겁도 없이 페달을 밟았다. 나는 훌쩍 앞으로 튀어 나가는 자전거를 필사적으로 따라잡아야 했다. 비틀거리면서도 계속 앞으로 달리던 다희가 건널목 앞에서 멈춰 섰다. 동시에 신호등이 파란불로 바뀌었다. 목까지 차오른 숨을 몰아쉬며 다희에게 물었다.

"뭐야. 파란불이네. 일부러 맞춘 거야?"

"아니. 기억이랑 하나도 안 맞는다니까. 그리고 우리 길 건널 것도 아니잖아."

"그렇지."

"그런데 괜히 기분 좋다."

"그러네."

파란 신호등이 깜박였다. 하나는 알 것 같았다. 이제는 나도 이번 인생을 대충 살기 싫어졌다. 어쩌면 내 모든 인생 중 이번 회차가 최고의 인생이 될지도 모르니까.

인생을 단 한 번만 사는 건 꽤 억울한 일입니다. 한순간의 실수로 앞날을 망쳐 버릴까 두려워 이렇게 넓은 세상을 마음껏 탐험해 보지도 못하고 조심스럽게 살아야 하니까요. 조심스럽게 사는 것뿐인가요. 남보다 나아지기 위해 끊임없이 경쟁하는 일에 대부분의 시간을 쏟아부어야 하죠. 물질적으로는 풍족해도 우리의 삶은 더 단조로워졌다는 생각도 듭니다. 이번 생은 망했다는 푸념은 어찌 보면 그런 단조로움에서 벗어나고 싶다는 외침인지도 모르겠습니다.

다음 생이 있다면 누구나 금수저로 태어나고 싶을 겁니다. 그건 단순한 풍요로움이 아니라 실패할 여유와 세상을 탐험할 기회가 더 넉넉하다는 뜻이니까요. 그런 생은 상상하기에는 즐거워도 너무 뻔해서 이야기로 쓰기에는 좀 허전했어요. 그래서 저는 몇 가지 단서를 달았습니다. 시작하는 조건은 같아요. 같은 재력을 지닌 같은 부모에게서 태어나죠. 태어나는 장소도 시간도 같고요. 삶은 그대로 반복됩니다. 다만 지난번 생을 기억할 수는 있어요.

전부가 아니라 일부지만요. 2022년 5월 1일 1시가 되면 2022년 5월 1일 2시까지의 기억이 떠오르는 정도입니다. 결국 한 시간 정도의 앞일만 내다보는 거죠.

그래도 그 정도면 어느 길이 더 좋은지 혹은 위험한지 정도는 알 수 있습니다. 그럼 삶이 더 나아질까요? 그렇지 않을지도 몰라요. 미래를 알면 우리는 언제나 더 좋은 쪽을 선택할 수밖에 없을 테니까요. 우리의 삶은 완벽해지겠지만 그 완벽한 삶을 위해 아슬아슬한 외길을 걷게 되겠죠. 과연 그게 행복할까요?

어쩌면 문제는 인생을 단 한 번만 살 수 있다는 게 아닐지도 모릅니다. 그 한 번뿐인 인생에서 반드시 남보다 나아야 한다고 밀어붙여 기어이 패배자를 만들고 한 번의 실수도 만회할 기회를 주지 않는 가혹한 세상이 문제일지도요. 그런 세상을 만들어 놓고 꿈과 희망을 품으라는 글을 쓰고 있다는 게 무척이나 민망합니다.

다만 이것만큼은 말할 수 있을 것 같습니다. 이번 생은 망했다고 할 때 그 기준은 그저 남들이 정한 기준일 뿐이지요. 스스로 포기하기 전까지 망한 인생은 없습니다. 이번 생은 망했다는 말이 더 이상 남들이 정한 기준을 따르지 않겠다는 당당한 선언이기를 바랍니다. 그리고 이 세상 사람의 수만큼이나 제각각인 최고의 인생이 가득했으면 좋겠습니다.

이번 생은 해피 어게인

© 이은용·하유지·설재인·김혜진·남세오, 2022

초판 1쇄 인쇄일 | 2022년 3월 28일
초판 1쇄 발행일 | 2022년 4월 4일

지은이 | 이은용 하유지 설재인 김혜진 남세오
펴낸이 | 정은영
편　집 | 조현진 최성휘 정사라
마케팅 | 최금순 오세미 김현아 김하은 오경미
제　작 | 홍동근

펴낸곳 | (주)자음과모음
출판등록 | 2001년 11월 28일 제2001-000259호
주　소 | 10881 경기도 파주시 회동길 325-20
전　화 | 편집부 (02)324-2347, 경영지원부 (02)325-6047
팩　스 | 편집부 (02)324-2348, 경영지원부 (02)2648-1311
이메일 | jamoteen@jamobook.com
블로그 | blog.naver.com/jamogenius

ISBN 978-89-544-4824-6(43810)